集英社オレンジ文庫

小説

ハニーレモンソーダ

後白河安寿
原作／村田真優

本書は書き下ろしです。

CONTENTS

序章

変わりたい

Honey Lemon Soda

日の沈みかけた空は、不気味なほど白かった。空気が張りつめて、辺り一面、白く重いカーテンが下りたようだ。

何も見えない。

何も聞こえない。

へたりこんだ地面は氷より冷たくて、触れる手足は凍えて固まった。これでは本当に『石』になってしまったみたいだ。

（変わりたい）

心の奥底で叫ぶ声は、降り始めた雪に押されてかき消される。

雪はますます降ってきて、やがてうっすらと大地を覆《おお》った。世界から根こそぎ色が奪われていく。

（苦しい、悲しい……私はずっと、このままなのかな）

一切の感情を無にして下を向いてしまえばいい。心ごと石になってしまえばいい。そうすれば、これ以上辛《つら》くない。

（でも……）

そこへ、視界に刺激的な色をしたペットボトルが飛び込んできた。

（誰の？）

本能的に顔を上げる。

純白の雪空を背景にして、帽子をかぶったレモン色の髪がまぶしく輝く。

見ず知らずの少年だ。

背が高く、涼やかな瞳にすっと伸びた鼻筋をして、耳には雪が宿ったようにピアスが光る。一部の隙《すき》もなく整った容貌《ようぼう》がこちらを見下ろしていた。

（……レモンソーダ）

天が惜しむことなくすべてを与えたような綺麗《きれい》な男の子。

彼は何かを拾い上げて、じっと見つめた。一秒遅れて気づく。それは自分がさっきまで握りしめていた八美津《はちみつ》高校のパンフレットだった。

生徒たちはみな自由で、華やかで、自立している――自分とはまるで正反対の学校。

（あ、違……）

恥ずかしさにまたうつむきかけた時、凛《りん》とした声が降ってくる。

「こっち」

（え）

「こっちが案外似合うんじゃねぇの」

（似合う？　憧れの……八美津高校が、私に）

そんなわけないと思うのに、圧倒的な白色の中で爽《さわ》やかに弾けるレモン色の存在感が、ひどく現実的で。

「……まぁ、オレも行くんだけど」

手を、伸ばしてみたくなった。

(少しでも君に近づけるため、変わりたい)

羽花《うか》はその日、思い切って初めての一歩を踏み出した。

第一章

呪いが解ける

Honey Lemon Soda

どこもかしこも桜色。

私立八美津《はちみつ》高校の校門は、びっしりと立ち並ぶ桜の天蓋《てんがい》に覆われていた。

穏やかなそよ風が吹くたび、髪を明るい色に染めて制服のシャツの上から思い思いのカーディガンを羽織《はお》った学生たちの頭上へ、惜しみなく花びらのシャワーが降ってくる。

「一年に超好きなのいんだけど」

「あ、まって一緒かも。あの頭、金の子?」

「そー、三浦界《みうらかい》」

入学してまだ一週間ばかりだというのに、その人はすでに女子のあいだで話題になっていた。

太陽よりもきらめくレモン色の髪が現れると、辺りの熱気がぐんと上がる。

「いんじゃん、そこに」

背の高さと、ひときわ整った顔立ちと、そしてやはり帽子をかぶっていてもまばゆく輝く髪色が、彼の存在感を強く照らし出し、まるで光で縁どられたように目立っている。

「ほら見てよあれ!」

「いや界は私のだし。やめてよ、さわぐの」

「いつからおまえのだよ!」

高まるばかりの熱気の中、対照的なほど冷めた表情で、界は颯爽《さっそう》と歩く。

(レモンソーダ)

羽花《うか》はカバンをぎゅっと抱きしめ、遠くからその後ろ姿を見ていた。

あまりにも美しい彼の周りを歩くのは、負けず劣らず華やかな同級生だ。

「じゃー友哉《ともや》はあたしのね」

「あー好き好き」

「かっこいいよねー」

上級生の噂話《うわさばなし》に社交的な笑顔で応えるのは、高嶺《たかみね》友哉。さらさらの黒髪に、どことなく艶《つや》を感じる下がり目が特徴的で、高校一年生とは思えないくらい大人びており、界とはまた違う魅力を放っている。

「瀬戸《せと》くんもかわいいよねー」

緑色の髪をして、愛嬌《あいきよう》のある視線を周囲へ振りまくのは、瀬戸悟《さとる》。

彼らを眺めて騒いでいるのは女子生徒だけではない。

「あゆみちゃんはオレのな」

栗色のショートカットがよく似合う、瞳の大きな可憐《かれん》な少女は、遠藤《えんどう》あゆみ。

全員が全員、そこにいるだけでぱっと周囲が明るくなる、きらびやかな人たちだ。

（まぶしくて、直視できない……）

四人全員と自分がクラスメイトだなんて、信じられない。

羽花は自然とうつむき、早足になった。衆目《しゅうもく》を集める一団の脇を、通行人然としてすり抜けようとする。

その時だった。

「おい三浦、おまえあんま調子乗んなよ」

凄《すご》むような声がして、界の前に二人の上級生が立つ。どちらも鮮やかな髪色をして、派手な柄のカーディガンを羽織り、威圧感がある。

「オレらより目立っててんじゃねぇよ！」

「そうだぞ！　まずその黄色い髪の色をだなぁ」

界は眉《まゆ》一つ動かさず、手にしていたペットボトルを振り始めた。

「ん？　おいそれ、炭酸じゃねぇのか？」

「お、おい止め」

間の抜けた上級生の声にかぶせて、レモンソーダのキャップが開かれる。その口は上級生へ向けられており――、

「うわー!!」

ほのかな桜花の香りの中で、甘く酸《す》っぱいレモンの匂《にお》いが強く弾けた。

「あ」

（！）

羽花は突如として降ってきたソーダを頭からかぶっていた。

重く切りそろえた前髪から甘い雫《しずく》がぽたぽたと滴《したた》る。熱気で火照《ほて》っていた頰《ほお》は冷め、あんなに穏やかだった春風が嘘のようにひりひりと肌を刺す。

「何してんの界ー！」

「いや、うぜぇから。避けんなよアイツら」

どうやら上級生は、すんでのところで身をかわしたらしい。そのせいで、たまたま横を通りすがった羽花が、代わりに炭酸の爆弾を浴びてしまったのだ。界に絡んでいた二人は、面倒ごとに巻き込まれたくないとばかり、そそくさと去っていく。

「オッオレら知らねー!!」

（なんて鈍臭《どんくさ》い……。タイミングよく横切ってごめんなさい）

羽花は茫然《ぼうぜん》として立ち尽くした。身体《からだ》中、砂糖の膜《まく》を張ったようにべたついている。

「ちょっと大丈夫!?」

慌てて駆け寄ってきたのは、あゆみだった。

「誰かタオルもってないの!?」

「もってねーよー」

周囲を見回しながら言う声は真剣で、焦りと優しさで満ちている。

(……は、話しかけられた！　心配してもらった！　どどうしよう)

うろたえる羽花に、さらなる衝撃が降りかかる。

「ちょっと謝んなよ、界！」

「ごめん」

静かでまっすぐな界の視線が、羽花を貫いた。

「こ、心込もってねー」

「ごめんね、コイツ基本塩だから」

悟と友哉のフォローは、羽花の耳には届かない。

(三浦くんが、すごいこっち見てる……)

太陽が何十倍にも膨《ふく》れて激しい光を浴びせてきたようで、羽花は自分が溶けてしまうかと思った。

「ごめんなさいっ」

「え、なんで謝んの!?」

「声、小さ！」

聞き取れないほどの謝罪を残して、一目散に逃げ出した。

石森《いしもり》羽花は、明るく賑《にぎ》やかな八美津高校で一人だけジャンル違いだ。

重く黒すぎるほど黒い髪は肩につく長さできっちりと切り揃えられ、黒目がちの瞳は陰気に伏せられている。お手本のようにかっちりと制服を着こなし、スカート丈は標準と定められた膝丈で、一分の乱れもない。カバンは教科書と参考書ではちきれんばかりに膨らんでいる。

（高校からは、明るく楽しく毎日を過ごしたいと思っていたのに）

朝から一人、更衣室でジャージに着替えながら、密やかにため息をついた。

（人前に出ると、どうも表情筋固まるなぁ……）

今までの学校生活で、いい思い出はあまりない。中学生の時のあだ名なんて『石《いし》』だ。

羽花は他人を不快にさせるらしい。

濡れた髪をタオルで拭きながら、なんだか既視感《きしかん》があると考えたら、同級生からバケツの水を掛けられたことがあるのを思い出した。理由は『なんかイライラする』だった。

（逃げてきちゃったよ。こういう所なんだろうなぁ）

鉛《なまり》をのせたように肩がずうんと沈む。このまま地面に潜り込んでしまいたい気分だが、そういうわけにはいかない。まだ一日は始まったばかりなのだ。

（うがぁ、ジメジメしない!!）

なんとか、なけなしの気力を奮《ふる》い立たせて更衣室を出た。

教室へ戻り、自分の席につくと、いくらか落ち着いてきた。今朝の出来事を思い返す余裕が出てくる。

（でも、今回かけられたの三浦くんからだから、むしろうれしい。……って変？）

仕方ない、三浦界は今日もかっこいいのだから。いろんな意味で。

（『うぜぇから』だって）

サバサバした性格も、はっきりしていて好ましいと思う。

「はい、日直ー」

そんな羽花の心とは無関係に、一年B組のホームルームは進んでいく。

（……ところで先生、私一人体操着なことに、どうか何もつっこまないでください）

ささやかな望みを抱いた瞬間、担任の阿部《あべ》が不思議そうな声を上げる。

「ん？　なんで体操着なんだ？」

（さっそくバレた……）

身構える羽花に追い打ちが――かからない。

「三浦界」

はっとしてクラスの中央へ目を向ける。レモンソーダの後ろ姿は、羽花と同じくジャージをまとっていた。

「……と、あれ？　石森も、か」

ついでのように阿部が付け加えるが、誰も気に留めなかった。すでにクラスメイトの注目は、界一人へ向けられていた。

「ジュースかぶったので」

「なんだそうか」

（あ、そっかそっか、そうだよね）

羽花も担任と同じく納得しかけて、ふと疑問がよぎる。

（三浦くんにもかかった……っけ……？）

視線の先で柔らかく揺れる金の髪はさらりとしていて、まったく濡れていないふうに見えた。

朝は刺激的な体験をしたものの、羽花の一日はごく平凡に過ぎていった。

「ただいま」

「おかえり。学校どうだった？」

家に帰ると、羽花とよく似た風貌《ふうぼう》をしたエプロン姿の母が出迎えてくれる。

「楽しかったよ」

「そう、よかった。今度こそお友達連れてらっしゃいね」

無難に答えれば、あっさりと難問を突き付けられて声が詰まる。

「もう毎日勉強詰めじゃないから、時間あるでしょう？」

（友達いないなんて言えない）

母に悪気はないのだ。羽花が中学の時、『石』と呼ばれていじめられていたなど夢にも思わないのだから。人のいい母は、受験勉強が忙しくて友達と遊ぶ暇がない……などという間に合わせの嘘を、素直に信じていた。

「父さんたまに電車で八美津高校の生徒見るけど、相変わらず派手だなぁ」

リビングには、すでに帰宅していた父もいた。眼鏡《めがね》の奥の瞳を心配そうに光らせる。

「大丈夫なのか？　やっぱり今からでも羽花に合う高校に編入して……」

過保護な言動を、慌てて止めようと羽花は声を割り込ませた。

「好きで行ってるから！　大丈夫！」

「そうか」

羽花がこのように何事にも後ろ向きで、つい下ばかり向いてしまうのは、ひとえにこの両親に幼い頃から甘やかされてきたゆえだ。

『イヤならムリしなくていいのよ』

『難しいならやめなさい』

彼らは娘への大いなる愛情から、そう言って大きな羽根の下に庇護《ひご》して育ててくれた。

もちろん感謝している。甘んじてそれを受け入れてきたのは自分だった。

（この性格は、怠慢《たいまん》。自己責任）

だが、いつまでもこのままではいけない。変わりたいと強く願ったあの日を思い出し、羽花はもう一度意気込んだ。

（よし、明日こそ!!）

勇気を出して、一歩踏み出そう。

どうも気合が空回《からまわ》りしすぎたらしい。

(早く来すぎた)

ぎらりと鋭い朝日の差し込む校舎は、まるで人けがなくひっそりとしている。

(でも、チャンスかも)

これなら誰からも注目を浴びない。批判もされない。不快にさせない。

「……お、おおよ」

不慣れなセリフをいきなり紡《つむ》ぐものだから、声が裏返ってしまった。だが、誰もいないのをこれ幸いと、練習を続けた。

(もっと大きく)

「おはよ」

今度ははっきりと言葉にできた！　と喜ぶのもつかの間、教室のドアが開いた。

視界に飛び込んできたのは圧倒的なレモン色。太陽の光を背負って、常よりもまぶしく輝く界がそこに立っていた。

「う……」

誰もいない教室で一人、挨拶《あいさつ》をしていたこの状況。

(消えたい……)

羽花はしおれて燃えかすのようになった。

「おはよう」

すると、涼やかな声が教室に響く。

(今のは、誰に？)

「……シカト？　石森さん」

名前を呼ばれて、心臓がどきりと大きく跳ねた。

(──私？)

あまりの驚きになんの反応もできずにいれば、界は冷めた声で言う。

「いや、完全シカトだし」

「……あ、ち、違」

「はい、リピートアフターミー」

慌てふためいて否定の声を上げるのを、さらりと遮《さえぎ》られた。

「『お』」

「『お』？」

「『は』」

「『は』」

『よ』」

『よ』」

『う』」

「おは、おはよう！」

有無を言わせぬ調子で言葉が流れ、不思議と自然に挨拶ができる。

二人きりの教室で、憧れの人へ、真正面からはっきりと。

「うん。オウムか」

なんの感情も見せない冷静な瞳は、あっさりとそらされた。彼はちょうどポケットで震え出したスマホを手に取り、友人と会話を始める。

「はい。オレ今もう学校」

羽花の存在などまるで気にしないとばかり、彼は彼の世界へ帰っていく。

「いや、早く目ぇ覚めたんだよ」

それでも。

（おはようって……おはようって挨拶した。私に、三浦くんが）

尋常《じんじょう》でなく弾む心臓は、ともすれば口から飛び出してきそうだ。両手で頬《ほお》ごと唇を押さえると、そこは熱した鉄のごとく熱くなっている。

いつだって羽花をしつこく取り巻いていた陰気なベールが、突如として取り払われたみたいで。

朝日きらめく教室の中、ひときわ強く光るレモン色が、これまでよりもずっと明確に美しく見えたのだった。


やがて、生徒たちが登校し始め、教室はいつもの賑《にぎ》わいを取り戻した。

羽花の昂《たかぶ》る心など関係なく、通常通りの時間が流れていく。

「はい、じゃあここ遠藤」

「え!!」

隣の席のあゆみがびくりと肩をはね上げる。

「いや、え、じゃねぇし」

「分かるわけないし！」

「じゃあ居残りな」

ぽんぽんと軽い調子で重い課題を押し付けてくる教師に、あゆみの可憐《かれん》な顔は青ざめた。

「超イヤなんだけど!!」

「友達に聞いていいぞー。まあ、ムダだろうけどー」

「誰かー！　うわーん」

中腰になり困惑している様子に、羽花まで焦りが募《つの》る。

（私、そこ解いてる）

けれど、あゆみのような明るく可愛《かわい》い少女と羽花は友達ではない。しかも、あゆみには素敵な友達がたくさんいる。

（大きなお世話かもしれないし）

そわつく胸を押さえて横を向こうとするが、昨日レモンソーダをかぶった羽花の元へいち早く駆けつけてくれた姿がまなうらによぎる。

（私なんかを心配してくれた……。ええい!!）

ぎゅっとまぶたを閉ざし、思い切って開いたノートを差し出した。

「これっ」

「石森さん!!」

あゆみの切羽詰《せっぱつ》まった声が重なり、羽花は思わず瞳を開く。目前には、同じくきょとんとした面持《おもも》ちのあゆみがこちらを見つめていた。

「え」

「え？」

あゆみの瞳が羽花の指さす紙面へ走る。彼女は吸い込まれるようにそれを見つめ、そのまま読み上げた。

「$10\sqrt{2}-2\sqrt{3}/3$」

「……チッ、正解」

解けるわけがないと高《たか》をくくっていた教師は、舌打ちと共に敗北を認めた。とたん、クラスにどよめきが起きる。

「おお!?　すっげー!!」

「誰に聞いたん？」

「石森さん」

あゆみはまるで自分のことのように胸を張り、羽花を示す。

「すげー、石森さん」

「いい人ー」

「なんの話？」

「石森さんがスゲーって話！」

右や左や前後から、称賛が嵐のように沸き起こる。そこに悪意は全くない。

（……みんながいいことで私の話してる）

中学時代の自分からすれば、とうてい信じがたい状況だった。

（顔、熱い……）

羞恥《しゅうち》と、せり上がってくる喜びで、全身が汗まみれになってしまう。とても顔を上げていられず、かといってうつむくのは惜しくて――、奇跡を起こしてくれたノートで熱い瞳を隠した。

終業の鐘が鳴るや、あゆみがとびっきりの笑顔を向けてくる。

「石森さん、さっきはありがとー！」

真夏の太陽のごとき明るさを真正面から受け取り、ようやく鎮まりかけていた興奮が再びよみがえってきた。

（授業が終わっても、話しかけてくれるの？）

こんな幸せ、現実なのだろうか。

「おーい、次、移動だぞー」

「あ、そっか」

悟があゆみを呼びに来た。あゆみはうなずくと、ごく自然にこちらを見る。

「行こー、石森さん」

「……え？」

「え？　行かないの？」

健康的なくったくのない笑みを向けられて、羽花は魂ごと握りしめられた心地がした。

「い、行く！」

いつだって一人ぼっちで教室の片隅にいた自分が、誰かに誘われて一緒に行動するだなんて。

生まれ変わったみたいに人生が前途まぶしく開けて見えた。

だが、そのすぐ直後、やはり分不相応だったと思い知る。

「あれ？　石じゃん？」

廊下《ろうか》の向こうから響いてきた聞き覚えのある女生徒の声に、羽花は凍り付いた。

ウェーブした長い髪を下ろし、細い眉毛《まゆげ》は勝気そうに吊り上がり、淡い色の瞳はびっしりと茂るまつ毛で覆《おお》われた派手な女子、小島麗美《こじまれみ》。

「え、まじだ」

「うっそ。真聖《しんせい》学園行ったんじゃないん？　落ちた!?」

前髪に奇抜《きばつ》なメッシュを一筋入れた男子生徒と、低い身長と童顔に相応《ふさわ》しいツインテールの髪をした女子生徒を取り巻きに連れているところも、中学時代と何一つ変わらない。

「まじかよ！　頭の良さだけが取り柄なのに！」

綺麗《きれい》な顔立ちに似合わない下卑《げび》た笑いが廊下に響く。

「石？」

「アイツの中学んときのあだ名。鈍臭《どんくさ》くて、ボーッとして、体育とか棒立ち。まじジャマだっつの。しゃべんねぇし、表情固まってっし」

誰かがつぶやいた疑問の声に、麗美はご丁寧《ていねい》にも羽花を指さし、詳しく説明をする。

「おい石ーつって、みんなでいじめてたし」

教室内は、初めは何が起こったのか分からず戸惑いで満ちていたが、『いじめ』という強い言葉で空気が張り詰める。

クラス中の視線が羽花へ集まっていた。

授業中のあたたかかったそれとは正反対の、突き刺さるまなざし。

（……い、いたたまれない）

成すすべなく、羽花は教室を飛び出した。

「ぶははっ逃げた。いこーぜー」

ザコ敵をワンパンしたとばかり、麗美たちは意気揚々《いきようよう》と廊下を闊歩《かっぽ》していった。

羽花は人けのない柱の陰へ身を潜め、うなだれた。

きっと朝からうまくいきすぎて、調子に乗っていたのだ。

(そうだ私、石なのに)

華やかなクラスメイトの一員になったつもりでいたが、それは舞台の向こうでくり広げられる別世界であり、羽花ははるか遠い客席から見ているだけにすぎなかった。それどころか今や、重い緞帳《どんちょう》があいだに下りてしまった気さえする。

幕の向こうからは、楽しげな笑い声が聞こえて……羽花は一人それを羨《うらや》ましく聞いているだけ。

(いや、違う)

諦めかけて閉じていたまぶたをかっと開く。

(これじゃあ、今までと一緒。変わらなきゃいけないのに)

暗い心を追い出すように首を振り、なんとか身体《からだ》をまっすぐにした。

ひとまず落ち着ける場所を探して……図書館へたどり着き、日誌を開く。

誰もいない静かな環境にほだされて、机に伏せてあれこれと思案にふけった。

(変わらなきゃって気を張りすぎて、プレッシャーになって)

「『逆に呪いをかけてるみたい』」

心のつぶやきが、頭上から男性の声で具現化された。驚きに身を起こせば、なんと界が立っている。二重に驚かされた。

(みみ三浦くん!?　なぜ図書室に)

彼の視線は日誌へ注がれていた。そこには、心の中で思っていたことがそのまま文字起こしされている。

(私、何書いて……っ)

急いで隠すも、もう遅い。

「うざ」

当然の感想をぶつけられ、すかさず謝罪する。

「ごめんなさい」

「謝んな」

「ごめんなさ……あ」

謝る以外の言葉を持たない自分にがっかりした。

（せっかく三浦くんと同じ空間にいるのに）

淀《よど》んだオーラをまとった石にしかなれず、彼の姿を目で追うことすら諦めた。

（ほんともう）

こんな自分に呆《あき》れ返り、窓の外へ視線を流す。すると、見たくもない——しかしある種、よく見慣れた光景を目撃してしまう。

忍び笑いをした麗美たちが、昇降口横に据えられたごみ箱へローファーを放り投げていた。

（私の……）

確認せずとも、それ以外にないだろう。

思わず教室を飛び出し、現場へ向かった。

思った通り、落ち葉や土にまみれたお菓子の食べかすなどに交じって、羽花のローファーが捨てられていた。

悪寒《おかん》めいた震えが全身に走るが、心だけは凝《こ》り固まり、静かに冷えていく。

今までと何も変わらない。

（……ほら、高校《ここ》でもなんとも思わないよ）

少しでも考えたりしたら余計辛《つら》くなる。だから、石みたいに固まっていた方がいい。

「なんかリアクションしろよ」

無になって現場から去りかけていた羽花の後ろから、追いかけてきたらしい界が言う。

「誰かに言えよ、助けてって」

「……」

石と化した胸に、矛盾《むじゅん》する何かがこみ上げてきそうになった。けれども、傷ついて打ちひしがれた心はなかなか動きそうもない。

「誰……に？」

ようやく絞《しぼ》り出てきたのは、そんな小さなつぶやきだけだった。

羽花はうつむき、強く見つめる界の瞳の前からまたもや逃亡する。

――もし、八美津高校に来ていなかったら。

（でも、三浦くんが……）

真聖学園に受かってさえいれば、こんな気持ちとは無関係でいられた。穏やかな毎日はきっと保証されていた。

昨年の十二月上旬《じょうじゅん》、中学校の三者面談で担任は言った。

『真聖を希望しておられる生徒さんは、石森さんだけなんですよ』

学力的にはまるで問題がないと告げられた母は安堵《あんど》の息をつくと同時、娘が一人ぼっちで大丈夫かどうかを心配していた。

だが羽花は、もやもやしたものを抱えていた。

(これじゃあ逃げてるみたい)

本当に変えたいのは環境ではなく、自分自身なのに。

八美津高校へ行きたかった。

街中で見かけるそこの生徒たちは、みんな仲間に囲まれ、楽しそうに青春を謳歌《おうか》していて、きらきらとまぶしい。

真聖学園は全く逆の校風で、厳格に統制された規律の下、崇高《すうこう》な教育を目指すという歴史ある女子校だ。二校のパンフレットを並べてみると、色合いから雰囲気《ふんいき》からがらりと違う。

母と別れて帰り道、ぼんやりと紙面を眺めながら宵闇《よいやみ》に沈む街を歩く。

空は気味が悪いほど白く重く、空気もぴんと張り詰めて、雪でも降ってきそうだった。

そこへ、出し抜けに肩をぶつけられる。衝撃でパンフレットが手から滑り落ち、羽花は地面に膝をついてしまった。

『やだ、外で石に会っちゃったぁ』

麗美だった。いつもの三人組で、口角を吊り上げこちらを見下ろしている。

『あ？　おまえ真聖行くの？』

『っ超似合ってる！』

『このくそダサイ制服‼』

底の見えない奈落へ落ちてしまったように、動けない。声も出ない。

（苦しい、悲しい……私はずっと、このままなのかな）

絶望に閉ざされかけた視界の中へ、その時、一条の光が差し込んだ。

（……レモンソーダ）

初めて会うとても綺麗な男の子は、八美津高校のパンフレットを拾い上げて言った。

『こっちが案外似合うんじゃねぇの』

きらきら輝くレモン色の光が頭上で傘のように広がって、優しい熱の波が押し寄せてくる。

（なんのために変わりたいの？）

彼の光は、声は、固く閉ざされていた心の扉を押し開けるほど鮮明に響いた。記憶の中で何度もこだまを繰り返した。

（学校で居場所を見つけるため？）

これまで感じたことのなかった強い意志が身体の奥底に芽生《めば》える。

（それもあるけど一番は――少しでも君に近づけるため）

満を持して迎えたはずの真聖学園の入学試験で、羽花の手は全く動かなかった。

――こうして、晴れて八美津高校への入学を決めたのだった。重い鎧《よろい》を脱ぎ捨てて、ようやく彼のところへきたのだ。

（三浦くんが覚えてるはずなんてない）

でも、羽花にはあれが全て。

白と黒の世界を一気に輝かしいレモン色へ塗り替えたあの光を思い出せば、きっと乗り越えられる。

（どうかもう一度、勇気を）

翌朝、湖のように澄んだ空の下、羽花はまだ胸にはびこる不安を抱きしめながらレモンソーダを手に取った。

「石森ー、腹減ったんだけどー」

「何か買ってきてぇ」

「オレ、ウインナーロール」

さっそく昇降口で羽花を見つけるなり、麗美たち三人が絡んでくる。

「ほら、行けよ」

強い調子で麗美が言うのを、羽花は無言でカバンを開けた。

「お？　サイフ？」

取り出したのは先ほど手に入れたばかりのよく冷えたレモンソーダだ。以前界がしたように、無言で右手を上下に振る。

「ん？」

突然の意味不明な行為に、麗美たちは戸惑い、反応が出来ない。

「え？」

「は？」

時限爆弾の針がゼロを指す音がカチッと小気味よく響いた。勢いよく飛び出す炭酸に噴き付けられて、いじめっ子たちは目と口をこれ以上ないくらい大きく開いて絶叫した。

「うわ――――!?」

羽花は眉《まゆ》を吊り上げ、三人を強く見据える。

「……は、はぁー!?」

我に返った麗美は声を張り上げ、渾身《こんしん》の力をもって羽花を突き飛ばした。

「おっまえ、なんのつもりだよ!!」

「……あ」

思わず尻もちをついたところへ、三人がかりで凄《すご》んでくる。

「あぁ!?」

飼い犬に手を噛《か》まれたとばかり屈辱《くつじょく》を怒りへ変えた彼女らは、憤怒《ふんぬ》の形相《ぎょうそう》で迫ってくる。

なけなしの勇気を振り絞って報復した羽花だったが、さすがに怖気《おじけ》づいてしまった。

「……あ」

「すげぇな、何やってんの」

それでもなんとか言い返そうとした羽花の背後から、感心したふうな声が割り入った。

(三浦……くん?)

「大丈夫ー?」

場に相応《ふさわ》しくないほど軽々しい友哉の声もする。

「大丈夫じゃねぇよ!」

闖入者《ちんにゅうしゃ》にいきり立つ麗美たちだったが、界はまるで気にせず羽花の目の前へ回る。屈みこんで視線の高さを合わせ、告げてくる。

「……ほら、言えよ。昨日のこと」

――『誰かに言えよ、助けてって』
――『誰……に？』

「オレに」


初めて彼と出会った日を急激に思い出し、胸の奥から何かが飛び出してきそうになる。

けれども、最後の一歩を踏み出すにはほんの少しだけまだ力が足りなくて。

「……あー、またかよ、うぜ。はい、『た』」

「『た』」

「『す』」

レモン色が、強く強く引っ張り上げてくれる――。


「――たすけて」


（あの日から、私には三浦くんが全てで）

空の果てしない高みにあって、あまりにも美しく儚《はかな》い存在の君へ、とうとう羽花は手を伸ばした。

長く枯れていた瞳の奥が熱くなって、大粒の涙が零《こぼ》れる。

「よくできました」

帽子をわずかに上げた界がほほ笑む。真珠《しんじゅ》色の涙の膜《まく》ごしでさえ、彼の笑顔は魅惑的に輝いて見えた。

界はやおら立ち上がり、麗美たちへ厳然と向かう。

「おい、そこのブスとブサイク」

「は!?」

「次こいつに何かしたら、オレが許さねぇから」

羽花の前には界が立ち、左右には友哉と悟、そして後ろにはあゆみが囲む。

「はぁ!?　うっせーし！」

「バッバーカ、バーカ、バーカ」

「バーカ、バーカ」

さすがの三人も、このグループに対抗するには分が悪いと悟ったらしく、悪態をつきながら退散する。

「……ほら、いいかげん立てよ」

界はいつものそっけない調子で淡々と言い、羽花に背を向ける。

「もうそうやってうずくまって泣くのやめろ。邪魔だから。とくに街中とか」

（え――？）

通りすがりに声を掛けただけの羽花を、覚えているはずがないと思っていた。

なのに。

（変わりたい、変わらなきゃって思ってた。だけど、もう）

どっとあふれた想いが、決意が、つらくて苦い過去を押し流す。

「ごめんなさい」

「だから謝……」

額に青筋を立てて振り返った界が目を瞠《みは》り、言葉をのみ込む。

（まっすぐに変わっていける、君を追いかけて）

極寒の冬を乗り越えたつぼみが春を迎えてほころぶように、羽花の唇は陶然《とうぜん》と花開いた。

石森羽花、高校一年生春、呪いが解《ほど》ける。

そのレモンソーダで。

第二章
好きな人が出来ました
Honey Lemon Soda

朝起きたら冷たい水で顔を洗って、気を引きしめる。

今日も学校で何があっても心が動きませんように。

石みたいに固まっていられますように。

(でもそれは、昨日までの話。昨日までの私)

羽花《うか》は新鮮な気持ちで登校する。

今日も朝から、八美津《はちみつ》高校は賑《にぎ》やかだ。

「顔めっちゃキレイくない!?」

「えー、頭、金がやだー。なんか全開じゃん」

「いやでも、顔がまじ」

「やっぱ、かわいー」

界《かい》は、下駄箱《げたばこ》に靴《くつ》を入れているだけなのに、彼がすると芸術品のごとく様になり、あちこちから黄色い歓声が上がる。

一年生だけでなく、上級生の話題にまでなる界が昨日、羽花を助けてくれた。本当に現実だったのか、今でも時々信じられなくなる。

(でも、そんなことばっかり言ってられない！)

ぎゅっとまぶたを閉じて一呼吸。

（一日の始まりは、気持ちのいい挨拶《あいさつ》から）

思い切って目を開き顎《あご》を上げたそこには、なんの感情も乗せない界の瞳がまっすぐに向けられていた。

「っ！」

気合だけは十分だったものの、身体《からだ》は素直だ。声帯が委縮《いしゅく》して、虫の羽音よりも小さな声しか出ない。

「オッ、オハ、ヨウ、ゴザ、イ、マ……ス……」

「……」

確かに目が合ったはずなのに、界は無言だ。聞こえなかったに違いない。無理もない。

（やっぱり現実じゃなかったかも）

何事もなかったことにして静かに後ろを通り抜けようとしたところ、すれ違いざまに界の声が降ってくる。

「聞こえねぇ。声小せぇよ」

（現実だった！）

今度こそ。

羽花は腹の底から此処《ここ》一番の声を張り上げた。

「おはよう!!」

「今度はうるせぇ」

目つき険しく耳を塞《ふさ》ぐ界だったが、きちんと聞こえる挨拶ができた。それどころか、すぐ近くにいたあゆみまで、笑顔を向けてくれる。

「石森《いしもり》さん！　おはよう！」

「いたんか、石森ちゃん！」

（遠藤《えんどう》さんに、瀬戸《せと》くんまで）

「おは……よう」

「うん、聞いたよ。あはは」

「石森ちゃんうける」

あゆみも悟《さとる》も朗《ほが》らかに笑う。

明るく楽しい一日の始まりの予感に、心の中がくるくる回るようだった。


一限目は体育の授業。体育館を二つに区切って、男女別にバスケットボールの試合が始まった。

「前行って、前ー！」

笛の音とボールの弾む重低音、体育館シューズが床を擦る音がリズミカルに重なり、クラスメイトたちの掛け声や歓声などが交じり合って、華やかで賑やかな空間が広がっている。

その中で羽花は一人、半眼《はんがん》で棒立ちになっていた。

何故なら、体育はじっとして石になっていなければならないものだと刷《す》り込まれてきたからだ。

下手《へた》に動けば、周囲からの怒声が飛んでくるはず。

『邪魔なんだよ石森!!』

『どうせできないんだろ！　いっちょ前に動くな!!』

ただただ、邪魔にならないよう祈ることしかできないのだった。

（……でも、楽しそうだなぁ）

パスが上手《うま》く回るたび、巧みにゴールが決まるたび、チームメイトは笑顔を交わして手を叩き合っている。

（私も混ざりたいなぁ……）

足の裏がそわそわとして、じっとしていられなくなってきた。とはいえ、いきなり俊敏に動けるものではなく、腹をすかせたライオンのごとく同じ場所をうろつくことしかできない。

「あゆみ！」

「どうしたの、何止まってんの!?」

「……い」

ふと顔を上げると、コートを縦横無尽《じゅうおうむじん》に走っていたあゆみが、ボールを持ったまま眉《まゆ》をひそめていた。

「石森さん！」

（遠藤さん？）

目が合った瞬間、彼女は迷いを振り切るように勢いよくボールを投げてくる。羽花は正面からそれを両手で受け止めた。

「え……？」

何が起こったのか分からず困惑する羽花だったが、それ以上にチームメイトの方が驚愕《きょうがく》していた。

「!?　受け取った!?」

「受け取れるんだ!!」

「てか、なんで石森さんにパスすんの」

初めて触れた、試合中のボール。

（遠藤さんが私に、ボールを）

あゆみはぎゅっと目を閉じ、渾身《こんしん》の激励《げきれい》を飛ばしてくる。

「石森さん、がんばって!!」

手のひらが汗ばんだ。胸に闘志の炎が生まれ、それが全身へ広がっていく。

（……うん、がんばってみる）

羽花は飛び出した。黒髪が風を切って垂直になびく。

弾んだボールは右手にしっくりと馴染《なじ》み、足は羽根のように軽い。

「わ」

「……え」

「ちょ、ちょっとまって、ちょっとまって」

戸惑いの渦《うず》の中、相手チームの子が慌てて両手を広げるのを、四十五度にターンして躱《かわ》し、ゴールポスト前に固まるディフェンスの二人を正面に見て、スリーポイントラインの外から構えた。

「うっそ、なんで」

「体育できないんじゃなかったの!?」

教科書通りのフォームで放たれたシュートは、リングの真ん中にスパッと吸い込まれる。

「……は、入った」

一同は早送りの録画でも見たような心地で、しんと静まり返る。沈黙の中で、今しがたリングを貫いたボールが床に打ち付けられて弾む音が、妙にリアルに響いた。

「ご、ごめ」

「すごー!!」

はっと我に返った羽花は慌てて謝ろうとするも、鼓膜《こまく》を破らんばかりの歓声に打ち消される。体育館のあちこちから女子生徒が集まってきて羽花を取り囲んだ。

「すごいじゃん、石森さん!」

(すごい!?)

「ちゃんと動ける人だったんだねー!」

その勢いに圧倒されながら、羽花は素直に口にする。

「イ、イメトレだけは、今まで何度も」

身体は石みたいに固まりながら、ずっと心の中ではみんなに混ざって動いていた。

あゆみは何度もうなずきながら、ねぎらうように背中を叩いてくる。

「これからはそれを発揮する番だね！」

「うん……」

そのまま彼女はすっと顔を寄せてきた。耳にこっそりと囁《ささや》いてくる。

「石森さんにね、パスしてみろって言ったの、界なんだよ」

（え。なんで三浦《みうら》くんが）

「迷ったの。迷惑だったらいじわるになるし。でも、界がそんなことするはずないしって」

思わず男子のコートを振り返る。界の姿はそこに確認できなかったが、朝日の残滓《ざんし》で光る窓がレモン色に染まり、まぶしかった。

言う通りパスしてよかった、とほほ笑むあゆみに、羽花はもう一度深くうなずく。

「――うん」

（私もそう思うよ）

界がすることはすべて正しい。

少なくとも羽花にとっては、そうなのだった。

昼下がり、羽花の周りにはあゆみと悟、友哉《ともや》、そして少し離れて界がいた。

ふと、悟が尋ねてくる。

「石森ちゃんて、なんでこの高校を選んだの？　高校なんて他にもいっぱいあんのに」

休み時間にクラスメイトと雑談をする……という初めての状況に、羽花は焦りながらも一生懸命答えた。

「私の憧れがいっぱい詰まってるなって思って……」

「憧れ？」

あゆみが首を傾《かし》げて反芻《はんすう》する。

「通ってる人がみんな楽しそうで、一番自由で、でも健全で」

友哉がなるほどと相槌《あいづち》を打って理解を示す。

「まぁ確かに。ゆるく楽しもうと思ったらちょうどいいかもね」

「勉強がんばんなくていいし、行事もそこそこ気合い入ってるっぽいし。校則ゆるいし。ここでやりたいことって？」

あゆみも嬉しそうに同調し、さらに深く訊いてくれる。

「放課後寄り道したり、月が出るまで帰らなかったり」

「夜の校舎に忍び込んだり!?」

さらにわくわくするような提案を重ねられて、羽花はぱっと瞳を輝かせた。

「うん！」

（今までの私と正反対な毎日を送るんだ）

けれどもそこへ、冷ややかな界の声が切り込んでくる。

「無理だろ」

（え……）

聞き間違いかと、一瞬現実から目をそらしたくなった。

しかし界は、眉根をきつく寄せてこれ以上ないほどまっすぐ羽花を見つめている。

「やめろよ。似合うと思ってんの？」

反応できずにいれば、さらにもう一度、だめ押しのごとく強い言葉が浴びせられた。

「諦めろ」

（っ！）

唇が震える。歯が……噛《か》み合わない。

「……ちょ、ちょっと界、何言ってんの急に」

ひりついた場をなんとか収めようと、悟が明るめの声で止めてくれるが、言いたいことを言い捨てた界はすでにそっぽを向いている。

折り悪く、別のクラスの女子が界を訪ねてやってきた。

「界ー」

「あそびにきたよー」

「来なくていいよ」

「ひどい!! おしゃべりしようよー」

「高嶺《たかみね》くんたちもー」

「あゆみもー」

顔が青ざめるのを止められない。それでも、羽花はなんとか平常心を装おうと努めた。

「ごめんなさい、大丈夫です」

友達に呼ばれた彼らの背中を押して送り出す。自分なんかが引き留められない。

(だって……、『諦めろ』って)

ようやく大きな一歩を踏み出せたかと思ったのに、着地した足は底なし沼に取られて沈んでいく。

(三浦くんにその言葉を言われてしまったら、私は──)

台風が来た海のように、不安定な大小の波が心の中をかき乱す。

夢だけはたくさん、きっと誰よりも見てきた。

でも。

（三浦くんの言う通りだ。ちょっとうまくいってる気がするからって、他のことも全部叶うわけないのに）

宙を見上げ、ため息をつく。

夢を見れば見るほど、具現化した幸せに大きな喜びが見つかるのと同時、叶わないかもしれないという絶望じみた恐怖も大きくなるのだった。

○　☆　○

最初は、まじでうざいと思った。

界は、眉《まゆ》一つ動かさず淡々と彼女を思う。

――石森羽花。

常に周囲にビクついているわりに、時々じっと見つめてくる。性格のおとなしさに反してその視線だけは意外とうるさく、しかし、目が合えばすぐにそらしてしまう。

中三の冬に、道に落ちていたあいつに声をかけた。

『こっちが案外似合うんじゃねぇの』

それが響いたようで、彼女は本当に八美津高校へ来た。

『放課後寄り道したり、月が出るまで帰らなかったり』

必死になって語るのを、界は半ば呆《あき》れて聞く。

（たったそれだけのことが響くって、今までどうやって生きてきたんだよ）

ふと、体育館から教室へ戻る途中で見かけた、眼鏡《めがね》にスーツ姿のいかにも堅物《かたぶつ》なサラリーマンを思い出す。

担任の阿部《あべ》に校内を案内されていたらしいその人は、『石森さん』と呼ばれていた。羽花の父親だ。

『生徒さんみんな真面目《まじめ》に授業に取り組んでいるようで、安心しました』

高校生の娘の学校生活を、わざわざ平日の昼間におそらく仕事を休んで見に来る親だ。娘はそうとう過保護に育てられたのだろう。

学校帰りの寄り道や、とっぷり日が暮れるまで帰宅しない、ましてや真夜中に家を抜け出して学校へ遊びに来るなどといった奇行をすれば、どうなるか。

（正直、オレにはそういう親のことは全然分かんねぇけど）

にわかに苦い思いが胸の奥底でくすぶり始めるが、そこは見ないふりをした。ただ、無意識のうちに口からは少々辛辣《しんらつ》な言葉が飛び出していたかもしれない。

『無理だろ』――と。


その後……、中学からのいつもの四人になったとき、あゆみが堪えきれないとばかりに先ほどの発言を咎《とが》めてきた。

「なんか界、石森さんに厳しくない？」

いつの間にか随分《ずいぶん》と羽花へ肩入れしたようで、道をふさいで訴えかけてくる。

「味方なの？　なんなの？　どっちなの!?」

「めんどくせぇ」

頬《ほお》を引きつらせながら答えれば、悟まで尋ねてくる。

「でもさ、さっきだって石森さんにパスしてみろって。なんで動けるって知ってたん？」

「……勘」

「すげぇ。まさか二人、つき合ってるとか言わないよね」

「違う。あいつがオレを親だと思ってるだけ」

卵が割れて初めて見た者を親と思い込み、羽花は界を一生懸命追ってきているのだ。それは好きだの恋だのではない。

「何それ、雛鳥《ひなどり》じゃん。まだ全然飛べないやつ」

（……別に、元々ひとりで飛べんのに、気付いてないだけだろ）

過保護に育ったり、ひねくれた奴らに絡まれたりした今までの環境と、必要以上に自分を卑下《ひげ》する性格のせいで。

（……まじでめんどくせぇな）

案外肝《きも》は据わっているのだ、無駄に。

ずっと付きまとわられても困るから、迷ったらその時だけ教えてやるつもりだ。

そういうわけで、これ以上その件については話したくないというオーラを出せば、界を長く知っている彼らは一旦言葉を引っ込める。

けれども、新たなる騒動がそこへ巻き起こったのだった。

ガッシャーン！

どこかで、窓ガラスが叩き割られる破壊音がする。と同時に、けたたましい叫び声と、興奮した調子外れの哄笑《こうしょう》が響く。

「なっなんだおまえらー!?」

「ぶははっ、うっせー！」

「不審者だー!!　誰か警察ー!!」

騒ぎの元は、校舎の中からだ。

「せんせーけいさつー」

「やばいってまじ！」

「ふしんしゃー」

恐れの叫びと混じって、おもしろ半分のわめきも聞こえる。

「ん？」

「は？　なんじゃ⁉」

校舎の外にいる界たちには、一体何が起こったのかさっぱり分からない。

「──そう、石森まだ教室いっから。一年Ｂ組！」

だが、植え込みの陰からそんな声がして、界は視線を向けた。

そこには、例の羽花をいじめる三人が輪になっていた。

「てかあたし、学校来てほしいとまで言ってな……いや、あたしのためって……うん、それは嬉し……」

リーダーの麗美《れみ》は誰かと通話しているらしい。

「え？　金パツの方もシメるって？　あー、三浦っていうんだけど、それは今どこにいるか分かんな……」

麗美はそこで自分を見つめる八つの瞳に気づいて顔を上げた。『金パツ』の当の本人と視線がかち合い、ひゅっと息をのむ。

「もっもしもし！　いた!!　だから、いたってば!!」

急激に声をすぼませて、こそこそと敵前逃亡した。

「うわぁ……」

ドン引きしている悟の隣で、あゆみが青ざめる。

「どっどうしよ!?」

彼女らの狙いは羽花と界。実行犯は今、窓ガラスを割って校舎内へ侵入しており、教室に残る羽花の元へ——。

「ほら、めんどくせぇ」

界は肩を下げるなり、くるりと背を向け校舎へ走った。

「とか言いながら、自分から首つっこんでるけどね」

誰より冷静な友哉の指摘は、界の耳には届かなかった。

○☆○

一人教室に残り、黒板を綺麗《きれい》にしていた羽花は、廊下《ろうか》の向こうの喧騒《けんそう》に身をすくめた。

（ふっ不審者って、どうしよう。とりあえず外に出……）

教壇《きょうだん》を右往左往《うおうさおう》していると、手前の廊下の向こうから声がする。

「ボクら人、探してんですけどぉ〜」

羽花は肩をはね上げた。

（……そこまで来てる）

教室のドアは閉まっているが、すぐ目の前にいる近さを感じた。今廊下へ飛び出すのは得策ではない。かといって、窓から飛び降りて逃げるわけにもいかず。小さくなって嵐が過ぎるのを待つべきか。

「石森さーん」

（……？）

「一年B組石森さん！」

（――私を、探してる）

ぞくりと背中に震えが走った。ここは一年B組の教室。彼らは校舎へ入り込んだ単なる不審者ではなく、羽花を目指してまっすぐやってきたのだった。

（なんで……）

「おい！　出てこいよ石森!!」

ドアのすぐ向こうで、げらげらと笑い声を立てる。冷静な言葉が通じる相手ではないのだろう。羽花は恐怖で髪の毛の付け根まで粟立《あわだ》った。

(と、とにかく隠れ……)

教卓の下へ身を潜めたのと同時、

「失礼しゃーす」

ドアが開かれ、気味が悪いほど楽しげな男性の声が響く。

「ここにいるって知ってんだよねーん。どこかなーん」

ゆとりさえ感じられる足取りで、彼らは教室を闊歩《かっぽ》する。

こんな知り合い、当然いない。

(私誰かに怨《うら》み買……)

はたと気づく。麗美たち三人のいじめっ子の顔が浮かんだ。

(まさかそんな)

レモンソーダをぶちまけ、界を味方につけて凄《すご》んだことを、根に持っている可能性は限りなく高い。

「見ーっけ♡」

(!!)

「かくれんぼ下手《へた》だねぇ」

「ごめんね、彼女のためなんだ」

やはり麗美の依頼を受けてやってきた人物らしい。あか抜けた髪色に賑《にぎ》やかしいファッション、にじみ出る不良じみたオーラが、あの三人とよく似ている。

有無を言わせぬ力で羽花を教卓の下から引きずり出し、そのまま腕を引いてくる。

「外にまだいっぱい友達来てるから、行こっか」

従えば、どこへ連れていかれてしまうのだろう。

想像もできない、とんでもない事態になってしまう。

(何かあるわけにはいかないの)

もし事件に巻き込まれたりしたら、学校にいづらくなるだろう。そもそも両親が黙っていない。退学だ転入だと大騒ぎになる。

(ここで叶えたいこと、たくさんあるから)

だが、手を引っ張る力は強く、簡単に振りほどけるものではない。相手は男子二人、羽花が全力で逆らったとて敵《かな》わない。たとえ一時逃げられたとしても、外に仲間がたくさんいるとか。抵抗したせいで、もっとひどい目に遭《あ》わされるかもしれない。

（どうしたら……）
ぎゅっとまぶたを閉じた瞬間、まなうらに凄絶《せいぜつ》なレモン色が浮かぶ。
──『誰かに言えよ、助けてって』
──『誰……に？』
──『オレに』
頼もしいほど鮮やかなその笑みが。

「三浦くん!!」

羽花の渾身《こんしん》の叫びと共に、新たな誰かが教室へ飛び込んできた。

「!!」

光のごとき速さで、その人は不良男子の首根っこを摑《つか》み、背後へ放り投げる。彼は黒板の下へ突っ込み、衝撃で頭に落ちたクリーナーからチョークの粉が灰のように降りかかった。

「痛ってぇ」

「んだ、おまえ」

頭をさすりながら凄む不良達の正面に立ちふさがるのは、今しがた羽花がその名を叫んだ――界だった。

（三浦くん、本当に……？）

「下がってろ」

瞳を丸くする羽花へ短く告げると、界は傍《かたわ》らの机へ手を掛ける。羽根でも持ち上げるみたいに軽々しく頭上へ掲《かか》げると、中からバサバサと教科書が落ちた。

「……え」

「うそ」

顔面蒼白になる男子二人へめがけて、容赦《ようしゃ》のない一投が――。

「ツギャー!!」

外れたのではない。見事正確に、彼らの頭上すれすれを狙って投げつけられた机は、凄《すさ》まじい衝撃音と地獄の雄《お》たけびを上げさせた。

「……わ」

「ひ」

すっかり怯《おび》えて腰を抜かした二人は、死神でも見る目をこちらへ注ぐ。

「石森と、あと、オレだろ？　探してんの。何か用？」

天に魅入《みい》られるほど美しく、痺《しび》れるほど恐ろしい微笑が向けられた。

「……あ」

「おい。クソださいことしてんじゃねぇよ」

「……」

不良たちはすっかり涙目になって、言葉を失っている。

遠くから、慌てて廊下を渡ってくる足音が近づいてきた。

「まさし!! 三浦がそっちに」

飛び込んできたのは麗美だった。眼前の惨状《さんじょう》に、目を白黒とさせる。

「あっちょっと、こんなやばいやつって聞いてねぇよ!!」

まさしは情けないほど甲高《かんだか》い声を出すが、麗美はそれを撥《は》ねのける。

「だから学校来てとまでは、あたし」

「だっておまえが」

どうしようもない痴話《ちわ》げんかが始まりそうなのを、遅れて駆けつけた教師たちが制止する。

「コラー!! いたぞー!」

「退学だー!!」

「嫌ぁー!!」

両手首を掴《つか》まれた麗美は髪を振り乱して抵抗するが、大人の力には敵わない。

「あたしじゃない、まさしかー!!　コラー!　いや誰だー!!」

「まさしー」

校舎中、上を下への大騒ぎだった。

大騒動の中、界は静かに自分の帽子を拾って羽花を見る。

「……」

座り込んだまま呆《ほう》けて何もできない様子に、彼は小さく息をついて苦笑する。

「今のにおまえんちの親父《おやじ》、遭遇《そうぐう》してたら卒倒すんじゃね」

（お父さん？）

突然振られて、ぽかんとする。

「まさか……来て？」

「授業見に？　心配なんだろ」

そっけなく顔をそらして告げられる。界は、羽花の父親が娘をひどく心配しているのを知っていたのだ。

（……あ）

「早く帰れよ」

重ねて促す声は、よく聞けば冷たいものではない。

（だからあの時、突き放したの？）

優等生だった娘が華やかな高校へ入学したとたん羽目を外すようになった、などという誤解を父にさせないように。

――『放課後寄り道したり、月が出るまで帰らなかったり』

――『夜の校舎に忍び込んだり!?』

ひいては、羽花の叶えたい夢を守るために。

「……自分の蒔《ま》いた種だ。ちゃんと拾うよ」

界はため息をつきながら言う。

「くだらない小さい夢ばっか。そんなもん、オレが簡単に叶えてやる」

レモンソーダの泡《あわ》が弾けて、赤や橙《だいだい》、黄色、緑や青に紫色……あらゆる彩り豊かな光があふれた。身体《からだ》の芯を熱気が突き上げて、その熱で視界が七色にぼやけて見える。

ただその中で、振り返った界の瞳はどこまでもまっすぐ羽花を射貫《いぬ》いていた。

目が――そらせない。

もう、そらせるわけがない。

いまだ茫然《ぼうぜん》と彼を見つめ続ける羽花に、界は何を思ったか、額に青筋を立てた。

「だから、叶ったらさっさとパパんとこ戻れ！」

「っあ」

我に返って何かを言おうとするも、鋭くいなされる。

「まず早く帰れ！　遅くまで残ってんじゃねぇ」

「はいっ」

その勢いに、こちらも姿勢を正して威勢よく返事する以外の道はなかった。

界は今度こそ背中を向けて、ずんずんと遠ざかっていく。

「あーめんどくせぇ」

けれども、向けられた感情は羽花を突き落とすものでは決してなかった。

（怒りながら、心配された）

羽花は思わず両手で頭を抱えていた。

（……まってちょっと）

昨日から、いろんなことがいっぺんに起こりすぎた。少し整理しないと、頭が破裂してしまいそうだ。

――夢は見るだけだった。

描くだけで精一杯だった。

でも今は違う。絶対に叶えたいと思う。それは――、

（三浦くんがいるから）

あの冬の日、地面に根が生えたように動けなくなっていた羽花へ、唯一手を伸ばしてくれた人。

憧れて、夢に見て、必死に彼を追いかけては、うまくいかずに落ち込んで、それでもまた立ち上がって、一生懸命。

（三浦くん……）

その名を心の中で呼ぶだけで、気持ちが浮上する。なんだか強くなれた気さえする。

経験なんてないのに、この気持ちが何か解ってしまう。

（私、三浦くんのことが好きなんだ）

あの真っ白な無垢雪《むくゆき》が降り積もった大地を踏みしめて、はるか高みの空を見上げる。無彩色だった空は今、明るく金色の光が差して羽花を照らし、長い虹色の影を作っていた。

人づき合いが下手《へた》で、友達もいなくて。

ましてや恋なんて発想にさえなかったくらい。

（そんな私に、好きな人ができるなんて）

ふわりと心を弾ませたその瞬間、額に平たい衝撃が走る。

「!?」

青臭《あおくさ》い香りを放って目の前にそびえたつのは、街路樹だった。

正面から木へ突っ込むなんて古典的なへまをやらかした羽花を、道行く人は見えなかったふりをしてそそくさと通り過ぎる。

（お、落ち着いて）

冷や汗をかきながら、額に手を当てる。痛いのは患部なのか心臓なのか分からないくらい、胸がどきどきしていた。

いくらなんでも、朝から浮かれすぎである。

今日も一日、思いやられそうだ……。

少しでも冷静になれるよう深呼吸をしながら教室へ入る。自分の席について、やはり視線を向けるのは界の後ろ姿だ。

（何度も、何時間だって見つめていられる）

黒板を眺める姿勢のまま、レモン色の頭を観察できる後方の席に感謝する。

しかしながら、一限目の授業が始まるとほどなくして、界の頭は徐々に下がっていき、やがて埋もれて見えなくなった。

「起きろー、三浦ー」

「んあ？」

教師に呼ばれ、レモンソーダのペットボトルの陰で突っ伏していた界は、ぼんやりと顔を上げる。

「え？　オレ今寝てた？」

「超寝てた」

「まじすみま……ふあぁぁ」

「オイ」

まるでコントのような掛け合いに、教室は笑い声で満たされる。

叱《しか》る気を削《そ》がれた教師は、投げやりにぼやく。

「いいよなぁ、オレもおまえらくらいの歳《とし》に戻りたいよ。毎日なーんも考えてないんだろ？」

（違います先生）

羽花は思わず立ち上がりかけた。心の中で夢中になって弁護する。

（三浦くんは実はちゃんと考えていて、周りを観察して先を見る人です）

羽花の親が見学に来ているのを知って、これ以上心配させないようにと仕向けてくれたり、いじめっ子が仲間を連れて報復に来たのを、助けに駆けつけてくれたり。

（そして思ったことをまっすぐに……）

「働きたくねー」

「せんせー、オレ、ユーチューバーになるー」

「やめろ、おまえは炎上する」

（……って）

すでに教室は違う話題で盛り上がっている。羽花は一人で勝手に意気込んでいたものの、急激にしぼんでいき、椅子《いす》に座りなおした。

すん、と真顔に戻る。

（私なんかが三浦くんを堂々と語っては駄目な気がする）

こっちが好きだと自覚した。ただそれだけ。

大きく前進して、なんなら川をひとつ跳び越えたくらいの気分でいたが、世間からしたらアリがあくびした程度の出来事なのだから。


そんなこんなで一日が過ぎていき……、終業を告げる鐘が鳴る。

「帰んべー」

「うぉーい」

授業中の何倍もの賑《にぎ》やかさで周囲があふれかえる。

いち早く帰り支度《じたく》を整えた悟が、羽花の隣の席へやってきた。

「あれ？　あゆみ、イヤリングしてんじゃん」

「うん。今つけてみた」

横を見れば、確かにあゆみの耳には真っ赤な二つ粒のさくらんぼがきらめいている。

(本当だ!!　かわ……)

「かわいいな。似合ってる」

羽花が心の中で言いかけた言葉を、悟はあっさりと笑顔で告げた。

とたん、あゆみは瞳を見開き、頬《ほお》をイヤリングと同じ色に染める。

（あれ⁉）

思わず目を瞬いてその横顔を見つめる。

「どこで買ったん？　オレも新しいの欲しい」

悟は変わらない調子で会話を続けているが、あゆみの方はいつもの弾けんばかりの明るさは控えめだ。

「今日見に行かん？」

「今日⁉」

どこか奥ゆかしい羞恥《しゅうち》めいたものが見え隠れする様子に、羽花はピンとくる。

（遠藤さんって、瀬戸くんのこと……⁉）

自分にも思い当たる感情だからか、羽花まで一緒になって胸をときめかせた。

（あ。つ、つき合ってるのかな？　分からないけど）

二人は和気あいあいと語りながら、肩を並べて歩いていく。

（すごくいい感じなのは分かる）

距離感や、あいだに漂う空気感からして、単なる友人止まりとは思えない。

（すごいなぁ……）

「界ー」

彼らは自然な流れでいつものメンバーと合流し、おしゃべりに花を咲かせている。

「買いもんいかね？」

「ついでにカラオケも」

遊びの相談に興じる四人を遠目に眺め、羽花は小さく息をつく。

(三浦くんは……)

――『あーめんどくせぇ』

背中を向けてぼやいた声が耳によみがえってくる。

(私のこと、迷惑そうだったなぁ)

おまけに、怒りながら心配してもいた。

――『まず早く帰れ！　遅くまで残ってんじゃねぇ』

(そうだ、迷惑かけないようにしなくては)

あゆみと悟の関係に憧れるのはともかく、そこへ自分を重ねるなんてとんでもない。羽花にできるのは、界と並び立つのを目指すことではなく、極力彼の負担にならぬよう、こっそりとしたたかに生きていくことだ。

あれほどはるか遠みに存在する強烈な憧れの人がいて、しかも同じ空間に存在してくれているだけで、十分すぎるほど幸せな境遇なのだから。

それ以上は何も望まない。

（……とはいえ、なんだかそわそわするから）

まっすぐに自宅を目指すのではなく、少し遠回りして街へ出てみる。

ほんの欠片《かけら》だけでもいいから、放課後仲間と遊びに行くリア充な彼らの空気を吸ってみたくなった。

夕方の街には柔らかい陽射しがあふれていた。歩いているだけでどこか心が弾んでくるのは、穏やかな春の気候のせいだろうか。道行く人々は時間柄《がら》、学生が多い。白や紺《こん》、水色や黒など様々な制服姿の男女が、軽やかな足取りで行き来している。

羽花は自分の制服へ目を落とした。

群青色《ぐんじょういろ》のブレザーに胸元を飾るストライプのリボン、緋色《ひいろ》のチェックが入った洗練されたデザインのスカート。あこがれ続けた八美津高校の制服をまとって街中に立つ自分。

（私は今、他人《ひと》の目にどう映ってるんだろう）

そんなことを考えていたら、すれ違いざまに女子学生から声を掛けられた。

「石森さん？」

振り向けば、見覚えのある顔がこちらを見て、ぱっと瞳を明るくした。

「あ、やっぱ石森さん！」

（三年の時……同じクラスの）

とりわけ仲良くしていたわけでもなんでもないが、最終学年でクラスが一緒だった少女だ。名前は確か……。

「誰だっけ？」

少女の後ろから、ひょっこりと友人が顔を出して尋ねる。そう言う彼女も少女と同じくクラスメイトだった子だ。

「石《いし》じゃん」

「ああ！」

「……え、てか制服、八美津？　似合ってな……」

「しっ」

顔を見合わせ、くすくすと忍び笑いをする。さらには、隣に寄り添っていた年上らしき男性が、少女の肩を抱き寄せて尋ねた。

「なにこの地味子《じみこ》ちゃん。友達？」

するると、元クラスメイトは大げさに首と手を振った。

「え、ちがうよ!!」

その叫びは周囲が振り返るほどの大声で、決して誤解をされてはならぬとばかり早口で付け加える。

「中学んときのクラスメイトでー。いじめられてたんだよね」

（……）

なんだか、時が巻き戻ってしまったようだった。

羽花はかつてと同じく『石』と化し、心も身体《からだ》も動かさず、その場に立ち尽くす。

「うちら彼氏できてー。大学生なんだけどー」

「てか行こーぜ。駐車場のメーター上がる」

「じゃあね、がんばってね」

何も見えない。何も感じない。あの身近だった感覚が押し寄せてきて、白と黒だけの世界がじわじわと頭の中を侵食していく。

――『無理だろ』

――『やめろよ。似合うと思ってんの？』

――『諦めろ』

こんな時に、界の辛辣《しんらつ》な言葉が次々と思い出されて、鋭く胸に刺さる。

あれは理由があって、突き放すために言われた言葉だった。分かっているはずだ。

（でも……）

傷つき重く濡れた羽根をようやく広げて歩き始めたばかりの羽花は、どうしても小石に躓《つまず》いてうまく進めなくなってしまう。

「あーあ」

うつむきかけた羽花の頭が、背後から誰かにぽんと軽く叩かれる。振り向く前に、そこへ優しい重みが乗っかってきた。

「登場すんのちょっと遅かったかな」

「!?」

ぎょっとして瞳だけ後ろへやれば、黒髪がさらりと視界の端に映る。

友哉だった。

羽花の頭を包む手に顎《あご》を乗せている。

さらにその横には、界までいた。彼は立ち去ったばかりの元クラスメイトへ冷めた視線を送っている。

(三浦くん、高嶺くん)

狼狽《ろうばい》して身をひるがえし、ずさっと距離を取る。

「石森ちゃん、ここ通り道なの?」

「あ、いや」

そんなことより、羽花の頭なんかさわったりして、友哉の手が汚れなかったかどうかが気になる。

しかし、あの距離感がバグったふれあいを改めて言葉にするのも妙にこそばゆくて、その質問は胸にしまった。

「今日はちょっと遠回りを……」

言いかけて、界の目が剣呑《けんのん》としているのに気づいた。よくみれば眉間《みけん》に皺《しわ》が寄り、青筋まで立てている。

(あれ!?　三浦くん怒ってる!?)

まさか、さっさと帰らず道草など食っているからか。早く帰れと言われているのに。しかし、彼は肩をいからせ声を荒らげる。

「早々と帰ってんじゃねぇよ!!」

「……」

のみ込むのに、少々時間がかかった。

たっぷり十秒おいて、羽花はまっとうな突っ込みを返す。

「ど、どっち!?」

早く帰れと怒鳴られた翌日、早々と帰ったのを咎《とが》められる矛盾に、羽花は目を白黒とさせる。

噛《か》み合わないやりとりを収束させようと、友哉が助け舟を出してきた。

「石森ちゃんと遊びに行くつもりだったんだって、界が」

「えぇ……？」

にわかには受け止められずに、羽花は困惑を強めて眉尻《まゆじり》を下げる。

しかし、界はなんでもないことのように言う。

「叶えてやるって、昨日言っただろ」

（……あれって）

――『くだらない小さい夢ばっか。そんなもん、オレが簡単に叶えてやる』

宣言した通り、いとも簡単に羽花にとってはひどく難しいことを、さらりと行動へ移してくる。

「真に受けてよかったの……？」

「冗談で言うかよ。めんどくせぇな」

また、『めんどくせぇ』。

でも。

「ほら、早く来いよ」

有無を言わせぬ声にぐいぐいと引っ張られて、全然面倒臭《めんどうくさ》がってなんかいない勢いを感じた。

(……うれしい)

うれしい、うれしい、うれしい！

何十回でも、何百回でも、なんなら一晩中でもずっと同じ言葉を繰り返していられるくらい気分が高揚《こうよう》する。

だが、いまだ後ろからスカートの裾《すそ》を引っ張ってくるかのように、しつこい過去の残像がちらつく。

――『友達？』

――『ちがうよ!!』

羽花みたいな地味でおもしろみのない根暗のいじめられっ子と、界は生きている世界が違う。

(三浦くんは、私といるの恥ずかしくないのかな)

朱に交われば赤くなるという。羽花がそこに加わるだけで、華やかな彼らの価値まで落ちてしまうのではないか。

再び石像のごとく棒立ちになってしまい、前を行く界とのあいだの距離は、どんどん開いていく。

ふと振り向いた界は、そんな羽花に気づいて言った。

「──おい、石」

「あ、ち、が……」

とっさに否定しかけるものの、完全に石化していた自覚はある。

（違……うけど、違わない……のかも、しれない）

はっきりできずに語尾を濁《にご》していれば、界は苛《いら》ついた様子で返事を求めてくる。

「なんだって!?　きこえねぇよ」

「……」

尖ったやり取りを見かねて、友哉が朗《ほが》らかにあいだへ入ってくる。

「まぁまぁ。石森ちゃん、門限とかないの？」

「あ、五時……です、けど……」

おあつらえ向きに、商店街の時計台が羽花のすぐ頭上にあった。針は現在、四時三十七分を指している。

門限まで、わずか二十分あまり。

見上げた界はどす黒いオーラを出して鼻筋に皺を作る。

「空気変えようと思ったんだけど、質問間違えたな……」

申し訳なさそうに目を伏せる友哉にかぶせて、界は投げやりに羽花へ帰宅を促した。

「はいはい、また今度また今度」

「ごめんなさい、せっかく」

「だから、謝んなっつってんだろ」

「ご」

（あッ）

息を吐くように謝りそうになって、喉《のど》の奥を詰まらせる。界は責め立てる勢いをさらに強めて顔を寄せてきた。

「あぁ!?『ご』!?」

「ごっ、ごぼう」

ゴボウ。

GOBOU.

牛蒡《ごぼう》。

細長くてごわごわした泥くさいアレが、鳥肌が立つほど奇妙な静寂の中で踊る。

「……ふざけてんだろ、おまえ」

地を這《は》うようなおどろおどろしい声で言われて、羽花もまた低く沈痛な声で答えた。

「……違います」

「ごぼうってなんだ、ごぼうって」

「分かりません」

「おまえが言ったんだろ」

もう、何を追及されているのかすら、よく分からなくなっている。

「ふ、あっはっはっはっは」

突如として爆発するような笑いが起こり、羽花と界は同時にそちらを振り返る。いつも余裕の笑みをたたえていて、あらゆることに動じそうもない友哉が、腹を抱えて笑っていた。

「ごめ……。ほんと二人、仲いいのか悪いのか分かんないな」

こうまで無防備な姿を見たのは初めてで、羽花はあっけにとられる。彼は喉をくつくつと震わせながら続けた。

「大丈夫だよ、石森ちゃん。界が自分から女子に構うの、かなり珍しいから」

（え……）

どういう意味だろう。瞳を見開けば、即座に界がため息と共に平淡なぼやきをこぼした。

「……好きで構ってんじゃねぇわ」

昨日もまた、今と同じくため息交じりに言ったのだった。

（……あ、そうだ）

──『自分の蒔《ま》いた種だ。ちゃんと拾うよ』

進路に迷い、自信を喪失《そうしつ》し、立ち上がれなくなっていた羽花へ、界は手を差し伸べた。

その責任を取って面倒を見てくれているのだった。

知らんふりすることだってできただろう。

突き放すことだってできただろう。

それでも彼は、まだこうやって羽花を導いてくれる。

（前に進んでは新たな壁に怖気《おじけ》づいて、また後ろを向いて、迷子になりかけてばかりの私を）

羽花が立ち止まれば、それこそ迷惑になる。

（しゃんとしよう……）

せめてもの虚勢を張って、姿勢を正した。

ひとしきりの笑いの波が引いた友哉が、もう一度時計台を見上げて言う。

「石森ちゃん、家まで送ろうか？」

「大丈夫です！　とんでもない。ありがとう」

　これ以上手間をかけさせるわけにはいかないと固辞し、気になっていた質問を返してみた。

「二人はこの後……？」

「そこ。悟とあゆみ待たしてる」

　指さされた先は、カラオケ店だった。そういえばそんな話をしていたような。

（放課後に友達みんなでカラオケ……高校生って感じがする）

　淡い青春色をした憧れがふわりと胸に沸き上がった。

「じゃあここでバイバイだね」

「入口まで……ついてっていいでしょうか」

　自分にはほど遠い世界ではあるが、せめてその香りの一片だけでも嗅《か》げないかと、おずおずと申し出る。すると、界は全然違う問いを投げかけてきた。

「……石森、家どっち？」

「あ、あっち……。歩道橋をわたります」

「じゃあ、あの歩道橋んとこまでな」

「え!?」

界は友哉の肩を軽く叩いてその場に留める。

「はいはい、ここでまってるよ」

心得たとばかり友哉が身を引き、界は先に歩き出す。

（え？　え……？　送ってくれるってこと……？）

界の背中と友哉の悟り顔を交互に見てから、焦って界の後を追う。

リードに引かれた子犬のごとく一歩後ろをちょこまか歩いているだけとはいえ、それこそ憧れの制服で放課後、異性のクラスメイトと……しかも好きな人と二人で歩いている事実に、胸が高鳴って息苦しい。

（一緒に歩いてる）

どうして急にそんなことになったのか。

羽花がカラオケの入口まで行きたいと言ったせいだ。門限までに帰らなくてはならないと知りながら心の底では彼らと離れがたく思っていた羽花の望みを、彼はまたも的確に拾い上げてくれた。

「……ありがとう」

胸が詰まった。こみ上げる大きな感謝をどうしても伝えなくてはならないと、一生懸命訴えかける。

「あの、ありがとう」

「何回言うんだよ」

「何回言っても足りない気がして」

今へ対するお礼だけではなくて、これまでの分も含めたら、地球を一周するくらい言葉を連ねてもまだ十分でない。

界は正面を向いたまま、真面目《まじめ》な声音《こわね》で尋ねてくる。

「おまえ、自分のことなんだと思ってんの」

「……い。まだ、石だと思います」

先ほども繰り広げられた会話が思い出されて、羽花は少しうつむいた。

「そうやって、これから何度、石じゃない、石かもしれないを繰り返すつもり」

（……分からない）

ほんの時折、手に入れたかもしれないと思える幸せは、まだとても脆《もろ》くて、輪郭《りんかく》がぼやけている。そよ風一つ吹いただけでそれは身をひるがえし、飛んでいってしまうくらい薄っぺらい。うれしいと感じたすぐ後に、その喜びが儚《はかな》く消えることを恐れて、歩みを止めてしまう。

そんな躊躇《ためら》いを見透かしたふうに、界がまとめる。

「もういいじゃん、石で」

（とうとう……呆《あき》れられた？）

いつまでも羽花がうじうじと下を向いているせいで。

不安がこみ上げて、喉の奥がきゅっと締まる。

だが、続く界の声音は普段と変わらず淡々としている。

「……で？　他に何隠してんの」

「……隠……？」

話の脈絡がないので、ぽかんとする。

「運動神経悪くないとか」

すると、急に少し前の出来事を持ち出してくる。体育の授業で皆の邪魔にならぬように
と石になっていたところを、界の指示であゆみがパスをくれた時のことだ。

がんばって、と背中を押されて、羽花は頭の中で思い描いていた憧れのボール運びを実《じっ》
践《せん》してみた。漬物石のようだった羽花がまさかそんな動きをするとは誰も思っていなかっ
たのだろう。相手チームはあっけに取られて大したガードができず、そういう状況だった
からこそうまくいったに違いない。

「あれは、たまたま」

「そうやって、やってみりゃできることがある。まだ他にもたくさん」

しかし、界は謙虚に否定する羽花へ強く言葉をかぶせてきた。

気づけば彼の視線がまっすぐこちらへ向けられている。真摯《しんし》なまなざしが痛いくらい羽花を貫いた。

「確かにあの時オレが声をかけた。でも、そんなのはただのきっかけで、あそこから飛び出した力は石森のものだ」

(私の……力)

ずっと自分は石だと思っていた。思い込もうとしていた。

「今までの自分に引きずられなくていい」

でもそれは、辛《つら》くて苦しい現実から目をそらすため。これ以上傷つかないようにと願う防衛本能から生まれたもので。


「石でもおまえは宝石なんだよ」

本来の石森羽花は、踏まれて蹴《け》られて存在すら認識されない路傍《ろぼう》の石なんかではない。光り輝くダイヤモンドにさえなりうる、原石なのだ。

「もっと欲張れ。前に進め」

目の前に連なる歩道橋の階段は、青い空へと続いている。

大きな手のひらが、羽花の背中を包むように押してきた。

「今まで関わってきたやつらを、上から見下ろすくらいの覚悟で」

そうして一歩踏み出せば、空へ一段と距離が近くなる。空気が明るく軽くなっていく。

「もう、おまえの幸せははじまってる」

石──宝石。

(苦しかったあだ名が、宝物に変わってく)

どうしよう。胸がはちきれそうだ。

ほんの少しの高みから、レモンソーダの君を見下ろす。いつもと目線が反対になっても、彼はまだ羽花よりずっとずっと高い場所に君臨していて、まぶしくきらめいている。

遠くから見つめているだけでよかった。そこに存在していてくれるだけで満足だった。

でも。

新たな欲求が胸の奥底で芽生《めば》え、ゆっくりと心を満たしていく。

「──今、夢が増えました」

それは闘志に近かった。彼を想えば想うほど、力が湧いてくる。強くなれる気がした。

「長くかかると思います。でも、三浦くんには迷惑かけません」

固い決意を込めて宣言する。強い願いがほとばしり、瞳がじわりと潤んできた。

界は羽花を見上げ、おもむろに帽子を取る。

「これ、傍《はた》から見たら、オレがいじめて泣かしてるみたいに見えるな」

言って、涙を隠すように帽子を羽花の前髪へのせてきた。ぬくもりが額を包み、羽花は思わず癖《くせ》になった返事を……

「あ、ご」

「ごぼう」

しかけたところで、界がかぶせてくる。

そして、ふにゃっと笑み崩れた。

「ふ、なんだよ、ごぼうって」

心が奪われる。

破壊力抜群《ばつぐん》の笑顔に、一瞬涙が引っ込みかけた。羽花は貴重なそれをじっと見つめ、胸に焼き付ける。

界は優しいため息をついて首を横に振った。

「――はいはい、勝手にすれば」

羽花はぬくもりに満ちた帽子の陰から別れを告げる。

「……また、あした」

「うん」

今度こそ界は背中を向けて、去っていく。羽花もまた背を向けて、帽子を握りしめながら階段を上った。

一段、また一段。

背中が熱い。

頭の中では、界の声が反芻《はんすう》する。

『上から』

『見下ろすくらいの覚悟で』

『もっと欲張れ』

『もう』

『はじまってる』

（──『宝石』）

息を呑《の》む。

その言葉に。行動に。

熱い涙があふれた。抑えようとしてもこみあげてきて、ついにはむせび泣きに肩が震える。

(三浦くんみたいな人には、絶対もう一生、出会えない)

気安く好きになっていい相手じゃない。

だけど、もう後戻りはできない。

(新しい夢)

それは、自分に自信をもつこと。

そして、

(三浦くんにいつか好きだと伝えられる、そんな風にならなくちゃ)

○☆○

羽花を見送り、戻ってくると、友哉が感心したような声を漏《も》らす。

「界に従順だなー、石森ちゃん」

改めてそういう表現をされると、妙に冷めた心地がした。

「迷子になってるとこ、ちょっと声かけたら、異常に懐いてきたんだよ」

まさか本当に八美津高校へ来るとは思っていなかった。ひたすら面倒臭《めんどうくさ》い。

「声をかけたのは界だけだった。あの子にはそれが全てで、それ以上でもそれ以下でもない」

普段から含みのある発言をしてくる彼だが、今日はずいぶんと核心をついてくる。

界と羽花の出会いには、何か特別な意味があるとでも言いたげだ。

しかし、界は今のところ内心、首を傾《かし》げるばかりだ。

（そんなわけないだろ。生き方が完全に真逆なんだから）

性格も嗜好《しこう》も格好も、家庭環境もまるで違う。

「懐かれてるっていいじゃん。石森ちゃん、オレかわいいと思うよ」

「！」

ほんの一瞬、界は瞳を見開いていた。だが、友哉の軽い冗談にそれは打ち流される。

「まぁ、女の子はみーんなかわいいけどねー♡」

結局はぐらかされて、胸の片隅に芽生えた何かは有耶無耶《うやむや》になった。友哉はこれ以上の質問を続ける気は皆無で、なんらかの回答を求めやしない。

だが、界にとってそんな距離感がちょうどいい。

（オレは人が好きで、嫌いだ）

誰かと群れるのは好きだ。だが、一枚の壁は作っておきたい。
（そして、そこを越えてくるやつもいない）
この状況が、心地よかった。

第三章

もっと夢中になる

Honey Lemon Soda

ある日のホームルームで、担任の阿部《あべ》が思い立ったように提案をした。

「席替えすんぞー」

（えっ）

もう決定事項だとばかり、くじ引きボックスまで用意されている。

「まじで!?」

「やったー」

「オレここがいい」

教室中にクラスメイト達の賛否が沸き起こる中、羽花《うか》は首を左右に揺らして動揺《どうよう》していた。

（えっ、ちょっとまって）

担任は黒板に席次表を書き始め、クラス委員が代わりに箱を持って教壇《きょうだん》に立つ。

「順番に引きに来てー」

隣の席のあゆみが立ち上がりかける。羽花もがたんと机を揺らした。

（遠藤《えんどう》さん。私、遠藤さんにまだ言ってないことが）

見えない力が、背中を優しく押した。

――『欲張れ』

凛《りん》として頼もしい界《かい》の声が、羽花の勇気となって身体《からだ》を動かす。

「遠藤さん！」

立ち上がりざま、彼女の袖《そで》をがしっと摑《つか》む。勢い込んで告げた。

「私と友達になってください!!」

「え？」

あゆみは目を瞠《みは》り、虚無に囚われたように動きを止める。

羽花は顔中どころか身体中汗まみれになった。

（駄目だったかな……怖い……）

だが次の瞬間、あゆみのきょとんとした声が降ってくる。

「もう友達じゃないの？」

「……え？」

こちらこそ呆気《あっけ》に取られて目を瞬く。

「え？」

「……え？」

「友達だと思ってた！　ちがうの!?」

当たり前のごとくそんなふうに聞き返されて、羽花はますます困惑を深める。

「……そう、なの……？」

あゆみの大きな瞳が羽花をじっと見つめる。その中に、得心したような光が灯り、優しく弾けた。

「そっか。石森さんには、こういうのちゃんと言わなきゃ」

白く細い手が伸びてきて、羽花の指先をきゅっと握った。

「っ！」

「友達だよ！」

繋《つな》がる手は、高らかに上げられる。

天高く届くように。二人の誓いは永遠だとばかりに。

「えへへっ、羽花ちゃんて呼ぼー！　羽花ちゃんもあたしのこと、あゆみって呼んでー！」

（あ、あゆみちゃん……）

こんなに明るくて友達がたくさんで優しい彼女が、羽花の友達。しかも、名字《みょうじ》ではなく名前で呼び合う関係の。

足の裏がふわふわする。

──昨日から幸せなことが、何度も起こる。

「ハイ、そこ。いちゃついてないで引いてー」

クラス委員から促されて、あゆみと共にくじを引く。

周囲では、すでに引いた者たちがくじを開いて見せ合っていた。

「瀬戸《せと》、何番」

「六ー」

あゆみは悟《さとる》と友人が話すのを傍《かたわ》らに聞いて、自分のくじへ目を落とす。

「三だ。三は……と」

黒板にやった視線が固まる。あゆみは唇を噛《か》みしめ、肩をぷるぷると震わせた。

三番は、一列目のど真ん中、教卓の目の前のスペシャルシートだ。まずもって、誰もが最も忌《い》み嫌うハズレ席である。その上、悟が引いた六番はそこからずっと下がった最後尾。横を向いても斜めを向いても姿を確認できないほどはるか遠い。

羽花もつられて沈痛な面持《おもも》ちになりながら手元の紙を開いた。その番号と黒板を照らし合わせ、瞳をぱあっと輝かせる。

「あ、あゆみちゃん！　私と席替わってほしい！」

前のめりになるあまり説明不足で訴えかけると、あゆみは首を傾げる。

「え」

「私十五番だよ!!　瀬戸くんのとなりだよっ」

悟の名前を出した途端、あゆみは目元をぽっと赤らめた。

「え、え、え!?　バレてる!?」

「なんとなく……つき合ってるのかなって」

「あたしの片思いだよ」

声を潜めて言えば、あゆみもまた小声で弱音をぽろりとこぼす。

(そうなんだ……でも)

無言で十五番の紙をあゆみの手に押し付ける。彼女は手のひらを開いてそれを固辞し、身を引いた。

「いや、いい。いい。大丈夫」

しかし、羽花も振り上げた拳は下ろせない。夢中でしがみついた。

「わ、私、先生の目の前で授業受けたいから、お願い！」

さらには神頼みとばかり、両手を握り合わせて真剣に頼む。

「お願い!!」

さすがのあゆみも、断りづらいと思ったのだろう。

「……あ。ありがとう」

押しつけがましい羽花の思いを、ようやく受け取ってくれた。

彼女が一番後ろの席へ向かうと、すでに着席していた悟が破顔《はがん》する。

「お、あゆみとなりかー。よろー」

「うん」

あゆみの態度は普段通りだが、心なし頰《ほお》が赤く染まっているふうにも見える。そう思いたい羽花だった。

(ものすごい自己満足な気がするけど)

自分も決まった席へ向かう。

教卓の目の前、ど真ん中。羽花にとっては、それほどの嫌悪感もない。

「あれ」

左隣に男子がやってきた。振り向けば、なんと友哉《ともや》だった。

(わ……)

「石森《いしもり》ちゃん、隣か。よろしくね」

その反対側では、からかうような笑いが起こる。

「うわ、界の席まじうける」

「寝らんねぇぞー」

界という名に条件反射で振り返る。左耳のピアスがきらりと目に刺さった。

「あ?」

そこにいたのは、三浦《みうら》界。レモン色の髪に帽子をかぶり、怜悧《れいり》な瞳をこちらへ向け、ほんの少しだけ眉《まゆ》を吊り上げる。

まさかの隣の席になったのだ。

（一番前で、三浦くんが……隣。反対側は、高嶺《たかみね》くんで……）

奇跡みたいなことが、何度も何度も起こり出す。

「おー、カイー」

朗《ほが》らかに手を振る友哉と立ち尽くす羽花を同時に視界へ入れて、界は呆《あき》れたように息をつく。

「うわ、まじかよ」

（……まさか、そんなことが）

腰がへなへなと砕《くだ》けて、羽花はその場へ屈みこむ。

界、羽花、友哉。

リア充、地味子《じみこ》、リア充。

そんな三人が見事に並ぶこの状況。神さまの悪戯《いたずら》だとしか思えない。

視界がまぶしいくらいに明るくなって、それが全身へ伝播《でんぱ》する。胸が震えて、たまらない。堪えきれない。

「……ふ、ふふ、あはっ」

「え」

「は?」

せり上がってくる喜びと楽しさの渦《うず》にのまれて、羽花は呼吸浅く、肩をぶるぶると震わせた。

「いや、爆笑してんじゃゃねぇ」

世界は、羽花の想像をはるかに超えて、きらめいていた。


今日も朝から、抜けるような青空が広がっている。

なんとなくそわそわして早起きした羽花は、その勢いで登校し、誰もいない教室の新しい席についた。

(おはようって、挨拶《あいさつ》の練習したのが、ずいぶん前みたいな気がする)

あの時、雲の上の存在ですらあった界と初めて会話をして、それだけで有頂天《うちょうてん》だった。

今や、彼が好きだと自信を持って言えるようになりたいなんて望みを抱いている。とんでもなく欲張りな自分が怖ろしくすらある。

しばらくして、ぽつぽつとクラスメイトたちが集まり始めた。

「おはよー」

「おはよー、あゆー」

（……あ、来た）

あゆみの声に振り返る。彼女はバッグを机に下ろし、悟とは反対側の隣の席の女子と挨拶を交わしていた。今日もまた大きな洒落《しゃれ》たイヤリングをつけていて、よく似合っている。

隣の女子も羽花と同じくそれを笑顔で指摘する。

「イヤリングかわいー」

「三十円だった」

「三十円!?」

羽花は弾かれるように席を立ち、あゆみの席へ駆けつけた。『散歩』と言われてご主人の元へはせ参じる犬みたいに息を切らせて。

「あゆみちゃん！　おはよう!!」

「あ、おはよー羽花ちゃーん」

（挨拶できた！）

大きな仕事を終えたような心地よい達成感が満ち満ちる。

「じゃあ！」

「えっ!?　挨拶しにきただけ!?　わざわざ!?」

そのままくるりと反転して再び席へ駆け戻っていく羽花の後ろで、あゆみが机に突っ伏した。

「どしたの、あゆみ」

「羽花ちゃん、おもしろい……」

（!?　なんか変だったかな!?）

羽花にとって、あゆみは生まれて初めてできた友達だ。まだ不慣れで分からないことばかりだが、大切に、けれど怖気《おじけ》づくことなく前へ進んでいきたい。

「はいー、席に着いてー……」

「おはよー、阿部さーん」

おおよそクラスメイトが揃ったところへ、担任がやってくる。教卓、つまり羽花の目の前に立った阿部は、意味深長なまなざしをこちらへ注いでしばし沈黙した。

「……」

こちら――中央には、頭はもっさりとした天然の黒髪、一分のくるいもない基準通りの制服をきっちりと着こなし、基本姿勢は肩をすぼめてうつむきがちの地味子、石森羽花。

右は、派手なレモン色の髪に帽子を逆さにのせて、耳にはリングのピアス、迷彩柄《がら》のパーカーを羽織《はお》り、椅子《いす》に片足を乗せてくつろぐリア充、三浦界。

左は、特に奇抜《きばつ》な格好をしているわけではないものの、大人びた風貌《ふうぼう》に色気とどこか退廃的な夜の空気を醸《かも》し出す、存在自体がリア充な美男子、高嶺友哉。

「やっぱりおもしろいな、前の三人」

しみじみとした阿部のつぶやきに、教室内がどっと盛り上がる。

「あははっ、だよね！」

（……右にも左にも向けない。真ん中こんなのですみません……）

両側から押し寄せるキラキラなオーラがまぶしくて熱くて、羽花は額に冷や汗を浮かべる。

（とくに右は……好きな人）

意識したとたん背筋まで震えて、全身が汗だくになった。

（……わ、私今日、大丈夫かな。髪の毛ボサついてないかな。顔に何かついてないかな。ブレザーにゴミとか）

考え出すと止まらない。思考の渦に陥《おちい》っていれば、すぐ後ろからヤジが飛ぶ。

「界ー、石森さん固まっちゃったー」

「知らねぇよ。オレにいうな」

見かねた阿部が、控えめに尋ねてくる。

「席、誰かと替わるか？　石森」

（え）

思いがけない提案に、羽花は思わず立ち上がりかける。

「あっいえ」

「いいよ、替わんなくて」

すると、界が代わりにはっきりと断った。

（……なんで）

当の界は大きな口を開けてあくびなんかしている。この話は終わったとばかりだ。羽花は慌ててそれに乗っかった。

「……あ、は、はい！　私ここがいいで、す……」

「そうか？」

こくこくとうなずきながらも、頭の中ではクエスチョンマークがぐるぐると回っている。

そんな一連の問答を疑問に思ったのは羽花だけではないようで、後ろの席から男子生徒が口を挟んでくる。

「ん？　界、石森ちゃんとできてんの？」

「!?」

悪気なくあけすけな発言をしたのは、トンボ——お調子者でいつも突っ込み役のクラスメイトだった。

羽花は頭が沸騰《ふっとう》するかと思った。顔面真っ赤になって、大げさに立ち上がる。

「ちっちが……」

「ねぇわ」

しかし、ここにもまた界が言葉をかぶせてきた。完全に目が据わり、怒りの黒いオーラがぶわっと彼を取り巻く。

「人づき合いしてねぇから、リハビリだよ」

(で、ですよねー……)

当たり前すぎてこれくらいで傷つきはしないが、全力で否定されてしまった。

「いや分かってるけどさー、ノろうよ」

「まぁ、石森ちゃんは全然界のタイプではないわな」

「ノれんわ」

クラスメイトが好き放題言うのを、界はばっさりと切り捨てる。会話の中で、羽花はふとある言葉が引っかかった。
（タイプ）
界の恋愛方面の話は、これまで耳にしたことがない。

（どういう人が好きなんだろう）

ぽわんと考えてから、いやそうじゃないと首を振る。そもそも、恋愛関係どころか、界についてのそれ以外も全く知らないのだった。

せっかくこんな席になったのだ。

（……よし！）

こっそりと観察しようと思い立つ。界について、もっと知りたい。

「……」

授業中、手持ち無沙汰《ぶさた》に界の右手の上ではシャープペンシルがくるくると回る。落ちたり飛んでいったりすることはなく、無音で回る様が匠《たくみ》の技で感心してしまう。

（三浦くん情報その一。ペン回しがうまい）

器用に動かし続ける最中に、英語の教師がプリントを持って彼の前に立った。

「How many?」

「Five」

（ちゃんと答えた。三浦くん情報その二、ペンを回しながらでも話を聞いてる）

そんなふうに、細かいことからなんでもかんでも心のメモに記していると、本当に界の隣の席なんだと自覚して、しみじみする。

「How many?」

「Five」

自分も同じ質問をされて、後ろの人数を答えると、教師がプリントを渡してきた。その中に破れたのを一枚見つけ、羽花はそれを取り除いて自分の分にし、綺麗《きれい》なプリントを後ろへ回した。

と、界の手が止まった。教師を呼び止め、羽花の手元を指す。

「先生、一枚替えて。破れてる」

「Oh, Sorry!　ごめんね、はい」

「……あ、すみません」

とっさに教師に頭を下げてプリントを受け取り、右隣を振り返る。

「あ、ありがとう」

「You're welcome」

彼の目線はすでに前を向き、手はペン回しを始めていた。

（……三浦くん情報その三、周りをよく見てる。私の……ことも）

彼の機転で綺麗なものと替えてもらったプリントに、羽花は赤く染まった顔をうずめた。

そうかと思えば、次の授業では右隣から心地よい寝息が響くのだった。

（一番前でも寝る……）

フードをかぶり、机に突っ伏し、堂々としたものである。

「こいつまじか……」

呆れ顔の教師もさすがに見過ごせないと思ったらしい。黒板消しを取り上げ、頭上に高く上げた。後方の席から、楽しげな掛け声が上がる。

「ピッチャー振りかぶってー」

（あっ）

「投げました！」

至近距離からの剛速球だったのを、寝ているはずの界は右手で難なく受け止める。そのまま大あくびと共に身を起こし、反動で掲《かか》げた右手が意図せずガッツポーズのように見えた。

「おー！」

教室中から上がる歓声に交じって、羽花も感心のあまり手を叩いていた。

「はい、石森まで拍手しない。唯一の優等生が……」

目前から恨みがましい教師の涙目が降り注いできて、羽花ははっと我に返る。

「すみません……」

背後から、トンボが何気ない感想を漏《も》らした。

「石森さんって、オレらみたいのに好意的だよね」

「うん、思ったー」

別の場所からも賛意の声が上がる。

「こういうの、授業の邪魔になって迷惑！　とか思ってもよさそうなのに」

（……あ、やっぱり私そう見えるんだ）

地味子《じみこ》で真面目《まじめ》な優等生、ジャンル違い、異分子。志望校を落ちて望まぬ滑り止め私立へやむなく入学した……と、彼らの中のイメージはそれだ。

――『石森さんがいると、クラスの雰囲気《ふんいき》が悪くなるんですけどー』

中学の時だって、そんなふうに言われていた。

（誤解とかなきゃ）

背筋を伸ばした瞬間、またしても界に先を越される。

「むしろ真逆」

さっきまで爆睡していたのが嘘のように、彼はすっきりした顔立ちで立ち上がり教室中を見回しながら言う。

「これは仮の姿だから。実はスゲーから。仲良くしたらいいことあるかも」

「!?」

実に堂々とした発言に、当事者のはずの羽花はひっくり返りそうになった。界の応援演説に乗せられて、さっそくトンボが両手を上げる。

「おー、仲良くするよー！」

「仮の姿？」

「石森さんやっほー!!」

（や……!?）

「やっほー」

あちこちから、やまびこのごとく楽しげな掛け声が響く。

（や……）

陰キャとして十五年間生きてきて、そんな挨拶《あいさつ》初めてだ。

やっほー、やっほーと呼びかけられて、なんとか返そうとがんばるがうまく声が出ない。

しかし無反応では、それこそ印象が悪い。

（とにかく何か返事を）

進退窮《えしやくきわ》まって——羽花は無言のまま、ぺこりと頭を下げた。

「会釈!!」

どよめきと笑いがどっと起こる。

「ぶははっ、うける石森ちゃん」

（あ、あれ!?　なんで笑っ……）

しかも右隣からまで盛大に噴き出す声がした。驚いて振り向けば、眉《まゆ》を下げ、白い歯を見せた満面の笑みがそこにあった。

（三浦くんまで……）

キラキラ爆発の笑顔に圧倒されながら、羽花は前のめりに尋ねる。

「……ど、どうするのが正解ですか？　教えてもらっていいですか？」

「やっほーって言っときゃいいんだよ」

よほどおかしかったのか、彼は机に顔をうずめながら投げやりに言う。

(やっぱり、『やっほー』には『やっほー』しかないんだ)

羽花は頭からぽっぽと湯気が出るほど羞恥《しゅうち》に顔を熱くして、小さく右手を上げた。

「……や、や……、やっほー……」

なんとか絞《しぼ》り出した声は、昔話のおじいさん役のようなしわがれた声だった。それでもクラスメイトたちはノリがよく、手を振り返してくれる。

「おお！　やっほー!!」

と、再び界が噴き出した。レモン色の髪まで振り乱し、腹をよじっている。

「ええ!?」

(なんで、何がおもしろかった……の？)

すると、左隣から飄々《ひょうひょう》とした声がする。友哉の冷静な突っ込みだ。

「界、あんま石森ちゃんからかうのやめたげて」

「え、からか……え!?」

左と右を交互に見ながら、羽花はますますうろたえる。

ようやく笑いの世界から戻ってきた界は、身を起こし、まっすぐ前を向いた。

「いや、からかってねぇよ。今はそれでいいから、ゆっくりクラスに慣れろ」

顎《あご》を上げ、目元は柔らかく、口角はほのかに弧を描き、レモン色の前髪には窓から差し込む光をふんわりと乗せて、凜《りん》とした横顔で告げてくる。

「実はスゲーって言っちゃったオレに恥《はじ》かかせんなよ」

羽花もまた、彼と同じ方向を向いて目に力を込める。

「隣で見ててやるから」

ずっと憧れていた。

長いあいだ願い続けていた。

今までと正反対の毎日を送りたいと。

一人ぼっちで震えながら唇を噛《か》みしめていたあの頃、願いながらも、そんな日が来るとは夢にも思っていなかった。

「友達百人できるかな」

魔法だ。

レモンソーダの魔法がしゅわしゅわと振りかかる。輝くばかりの未来が、弾けた泡《あわ》の向こうに見えてくる。

「つくります」

「言ったな」

この席は、魔法だ。


昼休みを告げる鐘が鳴ると、生徒たちは一斉に立ち上がり、あちこちへ入り乱れる。

「食堂いこー」

互いに誘い合い、グループができる中、羽花は座席に一人ぽつんと取り残された。

（魔法が解けた）

界を探して目で追うと、彼はすでに廊下《ろうか》へ出ようとしていた。その周りを、男女問わず多くの生徒が取り囲み、思い思いに話しかけている。人気者である。

（すごいなぁ。まだあそこに入る勇気はない）

もう少し成長すれば、羽花もああやって楽しく会話を弾ませたりできるのだろうか。今はただ、隣の席で静かに観察するくらいで精いっぱいなのだった。

「やったー、界の帽子取ったー」

「かえしなさい」

（……ん？）

どうやらクラスメイトの真鈴《まりん》が、界の帽子を奪ってふざけているようだった。羽花はあくまで冷静な界を見て、そういえばと思い出す。

(帽子返さなきゃ！)

羽花もまた、先日界から帽子を借りてそのままだったのだ。本当はすぐに返すべきだったが、洗ったり干《ほ》したりじっくり眺めたりしていたため、持ってくるのが今日になってしまった。

今を逃せばまた機会を失ってしまう気がした。大慌てで紙袋に入れたそれを用意したところ、廊下の辺りで気づきの声が上がる。

「あれ!?　界がいなくなった!!」

「そんなバカな!!」

「また!?」

「アイツ、たまに消えるよな」

(え、そうなの？)

見れば、さっきまで界と行動を共にしていた生徒たちが、廊下を行き来したり教室を覗《のぞ》いたりしながら彼の行方《ゆくえ》を探している。

「神かくし!?」

「どこ行った!?」

何も告げずにこれだけの人数をまいてどこかへふらりと行ってしまうなんて。本当に羽花は、界について知らないことだらけだ。

「探すぞー！」

意気揚々《いきようよう》と拳を振り上げる生徒たちを見て、羽花もまた心の中で拳を握る。

（私も、探してみようかな）

紙袋を肩にかけ、教室を出た。

廊下を横切り、日当たりのよい中庭へ出てみる。輪になって昼食を摂《と》ったり、木陰でおしゃべりをしたりする生徒たちであふれている。

（いない）

静かな階段を上り、渡り廊下へ。

（ほんとにどこにもいない）

界どころか、人影自体が少なくなっていき、とうとう誰も姿を見かけなくなった。さすがに引き返そうかとした時、モノクロに沈んだ突き当たりの部屋の窓辺にレモン色がぽっと浮かんで見える。

（レモンソーダ）

小窓からレモンソーダのペットボトルが頭を覗かせているのが、やけに羽花の目に引っかかった。

足がふらりと引き寄せられて、扉の前に立つ。『物置』と書かれたその部屋の戸は、引いてみれば簡単に開いた。

「失礼、します……」

中は広いが雑然としている。不要になった机や戸棚《とだな》が無秩序に置かれ、段ボールは床に直置き、埃《ほこり》の積もった脚立《きやたつ》や外した蛍光灯《けいこうとう》などまで様々な小道具があちこちに散らばっている。

(誰もいない)

正面のカーテンは開いているものの、どことなくじめつき、物陰の多い部屋だ。あまり長居をしていて良さそうではない。

(出よう。ん?)

踵《きびす》を返した瞬間、視界の端に何かを捉えた。斜めに置かれた二つのキャビネットの間から、にゅっと突き出す人間の足が、そこに。

「!!」

殺人現場を目撃したような衝撃で髪が逆立ち、全身の毛穴がぶわっと開いた。あまりの驚愕《きょうがく》に声すら出ず、その場に固まる。

その身体《からだ》は毛布でミノムシのごとくくるまれていた。

危険な遺体かもしれない。

だが、それはもぞりと動いた。さらにはうめき声まで。

「……ん？」

スローモーションでコマ送りを見ているみたいだった。羽花は茫然《ぼうぜん》と立ち尽くし、謎の人物が起き上がるのを見届ける。場合によってはここで人生が終わるかもしれない。

しかし、終末的な恐怖の予想に反して、現れたのはレモン色の髪の毛だった。

（み、うら、くん……）

鳩が豆鉄砲を食らった顔とはまさに今の表情だ。相手もまた白目を大きくして、何が起きたか分からないとばかり、こちらを見つめている。

ようやく声が戻ってきた羽花は、驚きのまま彼の名を呼んだ。

「三浦くん!?」

「ビビった」

「わ、私もびっくり」

そこへ、廊下の向こうから界を呼ぶ声が聞こえてくる。

「界ー、どこー」

「え、あ」

答えようとした羽花を、界が鋭い声で止めた。

「石森、黙ってドア閉めろ」

（え……）

なおも彼を探す声が近づいてくるのを、切り捨てるように界が命じる。

「早く」

「は、はい」

弾かれるように羽花は入口へもどり、素早くドアを閉めた。廊下を曲がってきたクラスメイトは突き当たりの戸が閉まっているのを見て、あっさりと引き返した。

「こっちいなーい」

「どこだよー」

足音はまたすぐに遠ざかっていく。暗がりの窓の隙間《すきま》から彼らの背が見えなくなるのを見送った。そして、改めてこの状況について考えた。

（……えーと、三浦くんはなんでこんなところに）

どこから聞いていいのか迷いつつ、おずおずと切り出した。

「……た、たまにいなくなるっていうのは、ここに来てるからですか？」

彼はその辺の棚に座り、かったるそうに答える。

「いつもじゃないけど、眠いときはここが多い」

「眠い？」

「昼休み、眠いじゃん」

（私、寝てるの邪魔したんだ）

申し訳ない気持ちに、しゅんと眉尻《まゆじり》を下げた。

「なんでここに入ってきた？」

「三浦くんを探してて、あれを見つけて……」

廊下側の小窓から見えるペットボトルを指して素直に答えれば、界は鼻筋に皺《しわ》を寄せて目を据わらせた。

（引かれた……）

授業中は目で追いかけ、休み時間は身体で追いかける。憧れているとはいえ、さすがに四六時中追いかけすぎかもしれない。

「……見つかったの、はじめてだわ。すげぇな」

（あれっ、ほめられた？）

だが、意外にも称賛の言葉をもらい、沈みかけていた羽花の心は浮上する。

「ほめてはねぇけど」

即座に否定されたけれども。

むしろすごい。

界はきっと羽花の気持ちが読めるのだろう。

（……少しびっくりしたな）

界はいつも華やかな場所で多くの人に囲まれているイメージだったから。こんな静かで隔離された場所にこもり、一人で過ごしていたなんて。

いろいろ詮索《せんさく》したり話を広げてみたりしたいものの、邪魔ばかりしてはいられない。ひとしきりの話を終えて、羽花はぺこりと頭を下げた。

「じゃあ、私はこれで」

「何？」

ところが、界が疑問の声で呼び止めてくる。

「え？『何？』って……？」

「何か用だったんじゃねぇの？」

「あ」

彼を探した本来の目的をすっかり忘れていた。羽花は肩にかけていた紐を外し、紙袋を差し出した。

「これを返したくて。帽子」

「あぁ」

「ありがとうございました」

ぞんざいな手つきでそれを取り出した界は、ふわりと香り立つ匂《にお》いに眉を上げる。

「洗った？」

「ダメでした!?」

「いや、別にいいのにと思って」

（よかった）

胸を撫《な》でおろし、一応その経緯を真面目《まじめ》に伝えておく。

「でも、いつもかぶってるから。帽子、大事なものなのかもしれないと思って……」

怜悧《れいり》なまなざしがすっと横にそれる。ためらいがちに、彼はぼそりとつぶやいた。

「……別に」

（口ごもった）

何か言葉にできない思いがあるようだった。

「石森」

「はい」

「寝るから起こして」

「あっ、はい」

言って、界は床に座り込み、柱に寄りかかって目を閉じる。

(まだここにいていいんだ)

彼を起こすという役目を与えられたのだから、そういうことだ。

去ろうとした羽花を引き留め、けれどもクラスメイトたちはシャットアウトして。

(どうしてだろう)

考えても分からない。知ろうとしても、なかなか深くまで探れない。

(……なんか、何者なんだろうな。三浦くんて)

上級生からも目を引くようなきらびやかな集団の中で、ひときわ鮮烈に輝き君臨する姿。

授業中、居眠りしながらも周囲の様子に気を配る器用な姿。そして、誰もいない物置でひっそりと過ごす孤高の姿。

様々な顔があって、目が離せない。

(帽子、気になるな)

さっきは何を言い淀《よど》んだのか。

（でも、なんでもそんなに知れないか）

聞こえないくらい小さく息をつき、自分を納得させた時だった。

「……寝ぐせ」

「え？」

すでに眠りの世界へ旅立ったと思われた界が、まぶたを開いていた。

「寝ぐせがえぐいから、かぶるようになって。そっからもう、かぶんのが当たり前になっただけ」

淡々と伝える彼の横顔は、目元がほんのりと赤らんでいた。引き結んだ唇も、かすかに躊躇《ためら》いを含んで力が入っている。

（――て、照れてる⁉）

信じられない思いで凝視し、ばつが悪そうに目を合わせない彼の横顔で改めて確信する。

（照れてる。照れてる。あの三浦くんが）

誰より秀でていて、誰より綺麗《きれい》で、誰より凜《りん》として強く、何事にも動じず、冷静沈着で性格ソーダで人気者で教師すら一目置いている三浦界が。

（照れてる……）

生まれたばかりのひよこを手のひらへ乗せたような、くすぐったくて甘い愛《いと》おしさに近い感情が腹の底からこみ上げてくる。

立ってなんかいられなくて、へなへなと膝を折った。両腕で頭ごと身体《からだ》を抱えて、肩を震わせる。

(照れてる)

「オイ」

まさか、そんな理由だとは夢にも思わなかった。

(……私でも、三浦くんをこんなに身近に感じられることがあるんだ)

優しい春風に似た温かいものが胸を吹き抜けた。

「寝ぐせ……」

「コラ」

「あはは、ごめん」

雪の下で固く結ばれたつぼみが春を迎えて一気にほころぶように、羽花は大きく口を開けて笑っていた。

「寝ぐせ……かわいい……」

「キレていい?」

愛しさと楽しさと親しみがあふれて止まらない。

休憩《きゅうけい》時間を終えて、羽花は界と共に教室へ向かった。

途中の廊下《ろうか》で、ずっと界を探していたらしいクラスメイトとかち合う。疲れ果てた様子の彼はそれでも重い足を引きずり走ってきて、ほぼ涙目で界にすがりつく。

「どこ行ってたんだよー!!」

「うん」

「いや、うん、て。返事おかしいよ」

半眼《はんがん》になってうなずく界は、問い詰めてくる生徒とテンションが百八十度違う。

「絶対どこいるか教えてくんないよな！」

食って掛かる男子の隣で、幾分冷静な女子が羽花にも話を振ってくる。

「石森ちゃんも一緒だったん？」

(黙っていいのかな)

勝手に答えるのもよくないと、羽花は下を向いた。その横では、男子生徒と界の必死の問答が続いていた。

「なんで消えんのかだけ教えて!!」

「四六時中他人といると疲れる」

（え!!　眠いだけじゃなかったの!?）

けろりと答えた界に、羽花こそ仰天《ぎょうてん》して腰を抜かすかと思った。

（最悪だ!!　ずっと居座ってしまった!!）

頭を抱え、髪をかき混ぜる羽花を見れば、黙っていても界と共に過ごしていたのは明白だった。男子生徒は嫉妬《しっと》に唇を尖らせる。

「なんだよー、石森ちゃんはいいのかよー」

「うん。石森は無機物だから」

（!?）

石森羽花＝あだ名は『石《いし》』＝石＝無機物。

妙な説得力に、界への追及は打ち止めとなった。

「石森ちゃん、界、どこにいたのー!?」

それでもまだ納得できないとばかり、真鈴が羽花に直接尋ねてくる。

「あ……」

口を開きかけた羽花の背を、大きな手がぐいっと押した。

見れば、界が笑顔で人差し指を唇に当てている。

——意外な一面を見て。
新しいことを知って。
昨日より今日、どの瞬間からも……好きになれる。
もっと夢中になる。
(……ほら、熱いな、背中が)
羽が生えて飛んでいけそうな気分だ。

第四章

光の真ん中

Honey Lemon Soda

きらきらと差す木漏れ日《こもび》をたっぷり浴びながら、羽花《うか》はバスを降りた。

今日は、八美津《はちみつ》高校の新入生歓迎遠足だ。

サファイアを砕《くだ》いたような青空に真珠《しんじゅ》色の千切《ちぎ》れ雲が飛び、周囲にはむせかえるような大地の匂《にお》いとほのかに甘い樹皮の香りが満ちている。

(よいしょっと)

先に着いた生徒たちは登山道の入口でクラスごとに固まり、挨拶《あいさつ》を交わしたりスマホをかざしたりしていたが、ふとこちらを振り返ってぎょっと目を剝《む》いた。

「何あれ……」

「……ブッ」

「まじで?」

上下長袖《ながそで》長ズボン、ジャージのファスナーは喉元《のどもと》まできっちりと閉め、上半身よりも大きな登山リュックを背負った羽花は、いつも通りの制服に身を包んだ高校生集団の中で、完全に浮いていた。

「誰?　あれ」

「たしかB組の石森《いしもり》さん」

「リュックでかすぎない?　登山用だよね、アレ……」

「ピクニック程度の遠足なのに!?」

（おかしい……）

羽花は羞恥《しゅうち》で顔を真っ赤に染めながら、皺《しわ》がつくほど読み込んだ遠足のしおりをもう一度確認する。

『服装・制服orジャージ（足元のみスニーカー）』

張り切って父親に大きくて頑丈なリュックを借りてまできたのに。

（ジャージ、私だけだ……）

荷物も皆、近所に買い物に行く程度の軽そうなリュックで来ていた。

「羽花ちゃん！」

向こうから、制服にカジュアルなトレーナーを羽織《はお》ったあゆみが悟《さとる》と共にやってくる。

彼女は羽花の完全防備を目にして、春の陽気のように明るい笑顔を浮かべた。

「かっこいーっ。あたしもジャージでくればよかったー。ギリまで迷ったんだよね！」

「……ありがとう……」

「へー？」

ドン引きもせず嘲笑《ちょうしょう》もせず、純粋な賛辞を送ってくれる彼女は、女神様に違いない。心の中で手を合わせて拝んでおこう。

「ねぇアレ知ってる？　この山のどっかに、木の隙間から空がハートに見える所があるって」

「えっ、知らん」

「それ、好きな人と見ると、願いが叶うんだって──！」

「まじで!?　超探したい！」

ぼちぼちと歩き始めたクラスメイトたちが、楽しげに会話しているのが聞こえた。

（ハート形）

なんとなく気になって耳を傾けていれば、悟が気なしに問いかける。

「あゆ、あんなん好きだろ」

「え、う、うん」

「一緒に探そうぜ！」

言って、キラキラした瞳をあゆみへ向ける。

（こっこれは!?）

こんな間近に愛の告白じみたものを聞いてしまい、羽花はその場でうろたえる。もしかして、遠慮《えんりよ》して席を外した方がいい場面かもしれない。

しかし、あゆみは首を横に振り、こそっと耳元へ囁《ささや》いてきた。

「羽花ちゃん、羽花ちゃん。全っ然深い意味ないから。悟は恋愛に、っっっ超鈍感だから」

果てしないほど強調して、なんでもないと伝えてくる。さすがの羽花もいろいろと察した。

「お、応援してる！」

「ありがとう」

肩を抱き合う女子二人を見て、悟はきょとんと首を傾《かし》げるばかりだ。

「なー、なんの話ー？」

「悟は小っちゃい頃から変わんないねって話」

「へー？」

まるで分かっていない様子に、あゆみは目を閉じやれやれと天を振り仰《あお》いだ。

幼馴染《おさななじ》みの恋には幼馴染みなりの難しさがあるようだ。

（……でも、好きな人と同じところに立っているだけ、うらやましい）

羽花は視線を巡らした。大して探しもせず、界《かい》の姿はすぐ見つかる。レモン色の髪に帽子をかぶり、制服のシャツにパーカー姿で、友哉《ともや》と一緒にいた。

（あ、目が合っ……）

たと思ったが、フイと目線をそらされる。

（し、塩対応。うん、とくに今日は私、こんな格好だしね……）

一緒に恋が叶うジンクスを探すどころか、隣を歩くのも話しかけるのも躊躇《ちゅうちょ》するレベルだろう。

自虐的《じぎゃく》に笑おうとするが、なんとなくそうしたくない。いつもと違う感情の芽生《めば》えに戸惑った。

（そっか。私、うらやましいんだ）

当たり前のように肩を並べて笑い合えるあゆみと悟のような関係が。

（いっちょ前に、何思ってんだろう）

日に日に違う感情が生まれる。

少し前まで、羽花は足を木の根に取られたように地面に縫《ぬ》い付けられて立てなかった。一歩進んで界と出会って、憧れて、ようやく四《よ》つん這《ば》いになってその後ろ姿を追いかけた。一歩進んでは一歩後退して、やっと二歩進んでまた後退して、それでもなんとか立ち上がって……。

（恋をするなんて、思ってもみなかった）

生まれて初めての恋。いわば生まれたばかりの小鹿のごとく足をプルプルさせている状態なのだった。

空は明るく艶《つや》めいている。深い緑色をした木立はそよ風にざわめき、その度《たび》木漏れ日が華やかに差し込んで空気を金色に染める。

「パンフ読み込んでる……。どこでもらったの」

「あははっ」

後ろから呆れたような声と笑い声が聞こえた。それもそのはず、羽花は手元のパンフレットをじっくりと眺めては、顔を上げて景色と見比べていた。

(険しい道もあるんだな。へぇ、いろんなルートがあるんだ!! お寺とか橋とか、見所もいっぱい)

しかし、今日歩くのは一番平淡なルートである。

(……だから制服でよかったんだよ)

張り切りすぎた自分が恥ずかしい。

「登山部ー。これどっちー?」

(登山部……)

聞きなれない呼びかけに顔を上げ、周囲を見回す。目前の道は二つに分かれていて、八美津高校の生徒は右へ進むよう看板が出ていた。その前で、クラスメイトの視線は羽花へ向けられている。

(私か!)

はっと気づき、元気よく答える。

「ハイッ、右です!」

「あははっ、返事した! 冗談だよ。石森ちゃん、おもしろい」

即座に笑いが返ってきた。羽花は思わず目を瞬く。

(おもしろい?)

「行こー、石森ちゃん!」

彼女らは朗《ほが》らかに誘いかけてくれる。

(話しかけられて答えたら、また優しく声をかけてくれて……。私、クラスの人とちゃんと会話できてる)

不意に、中学時代の遠足の思い出が脳裏《のうり》によみがえった。

あれも今日と似たようなハイキングだった。緩《ゆる》い坂道を一人で黙々と歩いていると、クラスメイトが隣に並ぶ。その瞬間、肩に軽い衝撃が走った。

『痛っ、今何かにぶつかったー』

『ごめんなさ』

『何にぶつかったんだろー』

とっさに謝りかけた羽花の方は全く見もせず、彼女は反対側にいた友人に話しかける。

『なんだと思う？』

『さー？　石じゃない？』

『あっ石かー』

二人はそれはもう楽しげに笑い合い、羽花に背を向けて聞こえよがしに言った。

『まじ邪魔ー』

学校にいても外にいても、なるべく息を潜めてきた。

そんな羽花が、今、クラスメイトたちの笑顔の中にいる。

（……このクラスでできることは、私、なんでもしたいなぁ）

あたたかい気持ちがふわふわと心を浮上させて、身体《からだ》まで軽くなった。大きなリュックの重みなど、綿《わた》のようだ。

胸を弾ませ、足取り軽やかに歩み始めると、真横から視線を感じた。正面を向いたまま、恐る恐る流し目で確認すれば、界がじっとこちらを観察している。

（……これもある意味、塩対応？）

すごく見てくるけれど、話しかけてこない。

(私から話しかけたら、返事してくれるかな)

ほんのわずか、胸に勇気が芽生えた。とその時、界のすぐ後ろを歩いていた女子生徒が足を滑らせ叫び声を上げる。

「ぎゃー!!」

すかさず、界が目線も向けずに彼女の手首を掴《つか》んで引っ張った。事なきを得た女子は、ぽかんとして界の横顔を見つめる。だが界は、眉《まゆ》一つ動かさずぱっと手を離し、一言。

「ドンくさ」

「うっ、うっさいわ!」

強制的に正気に戻され、彼女は顔を真っ赤にして悪態をつく。

「……あークソ!!」

「あはは! ときめいてんじゃん」

「もーうざー! 界はダメだってー!! ライバル多いんだからー!」

どうやら危ないところを助けられ、恋に落ちる寸前で我に返ったらしい。頭を抱えて悶《もだ》えるのを、友人が慰めている。

「まぁでも、界は一回通るよねー」

「あー」

「結局界のこと好きになって、ハイ絶望みたいな、叶わぬ恋みたいな。でも、どうしても好きになっちゃうんだよねー」

（それって……）

心当たりがありすぎて、羽花もまた身につまされる。

界を取り巻くいざこざは、あちらでもこちらでも起こっていた。

進行方向から、豊かな巻き髪を揺らしながら女子生徒が駆け戻ってくる。肩を上下させて息を切らしているのは、真鈴《まりん》だった。

「ちょっと界ー!!　帽子取りに来てよー!!」

見れば彼女は、さっきまで界がかぶっていたはずの帽子を手に持っている。からかい半分で奪い、追ってくるのを期待して逃げたものの、界がまるで相手にしなかったのを怒っているのだ。

そういえば前にも似た光景を見たことがあった。真鈴は界に気があり、それを隠そうとせず、天真爛漫《てんしんらんまん》に行動へ移している。

周囲もお馴染《なじ》みの情景を、軽口で受け流す。

「もらっていいんじゃね。界、いっぱいもってるから」

「中学からかぶってるもんな」

「なんでかぶり出したんだっけ」

話題が思わぬ方へそれた。無表情だった界がほんのわずかに目元を険しくする。

（あ、寝ぐせ）

二人きりの物置で告げられた秘密を思い出した刹那《せつな》、大きな手が後ろから伸びてきて羽花の口を覆《おお》う。

「!?」


「——言うなよ。石森しか知らねぇから」


突如として近づいた距離と、間近にふれたぬくもりに気が動転した。

手はすぐに離れていったものの、直に皮膚《ひふ》へ移された熱はとどまり、顔全体、耳や首筋の後ろまでどんどん伝播《でんぱ》していく。

「……何今の」

正面で、真鈴が目を点にして一部始終を見ていた。界は無視して進み出し、横をすれ違って彼女を追い抜く。

「何今の。何今の!?　ちょっとー!!」

徐々にボリュームを上げて、真鈴は騒ぎながら界を追い越し追い抜きまとわりつく。羽花はその場に立ち止まり、たった今告げられた信じがたい事実を反芻《はんすう》していた。

──『石森しか知らねぇから』

（……え？）

どうしていつも帽子をかぶっているのか気になって、でもなんでもかんでも訊くものではないと自分を戒《いまし》めて、あえて尋ねなかった。それなのに彼は、自分からぽろりと正解をこぼしたのだ。

（あれ!?　普通に教えてくれたから、みんな知ってることなんだと思ってた）

何故あの時、羽花に教えてくれたのだろう。

（……い、いやべつに、理由ないよ）

言外の何かを期待しそうになって、慌てて首を左右に振る。

思い上がりも甚《はなは》だしい。

眠気に紛《まぎ》れて、たまたま口にしてしまっただけ。理由なんかあるはずない。

（ない、けど。分かってるけど）

顔が熱くて、瞳が上げられない。

前よりも少し、彼に近づけた気になってしまう。

羽花は、上からも下からも覆うような緑の気配に囲まれて、酔いを醒《さ》まそうと深呼吸を繰り返した。


腕時計の針が十二時を回った辺りで、ちょうど昼食場所のチェックポイントへたどり着いた。

楠《くすのき》や楓《かえで》が茂る森の中、ぽっかりと開けたそこは、天然の芝生《しばふ》が柔らかに生えていて、微風が吹くたびに爽《さわ》やかな緑の香りが立っている。

「腹へったー」

「あっちで食べよー」

クラスメイトたちが思い思いの場所で弁当を広げる中、羽花は広場の片隅の大木が鬱蒼《うっそう》と茂る中に一人分ほどの凹《へこ》みを見つけ、シートを広げた。

「羽花ちゃーん！　一緒にお弁当ー」

あゆみが寄ってきて、暗がりに潜む羽花を見つけて突飛《とっぴ》な声を上げる。

「あれっ!?　一緒にいい!?」

「えっ!? う、うん!!」

羽花もまた頓《とん》きょうな叫びを漏《も》らしつつ、焦ってうなずいた。

(お弁当を、一緒に……)

学校内学校外問わず、昼食は一人で食べる習慣がついていた。何の疑いもなく邪魔にならない場所へ引っ込んでいたのを、あゆみはわざわざ探して声をかけてくれたのだった。

(いいのかな。でも、うれしい……)

小さく小さく畳《たた》んでいたシートを最大限に広げて、あゆみの座る場所を作る。すると当たり前のように悟もやって来て、そこへ荷物を置いた。羽花がいても気にせず一緒に食べてくれるらしい。

あゆみはにこにこしながら弁当箱を開ける。友達の弁当など見る機会がないので、ついつい上から覗《のぞ》き込んで凝視する。

楕円形《だえんけい》のピンク色の弁当箱には、パンダを模したおにぎり、花型にくり抜かれたニンジン、ハート型の玉子焼き、みずみずしいプチトマト、アスパラガスに小さなミートボール……全体的にカラフルでポップでおいしそうなことこの上ない。

「かわいい人はお弁当までかわいいんだね……」

「えっ、な、何言ってんのー!!」

率直《そっちょく》な感想をもらせば、あゆみは照れながら羽花の弁当箱へ視線をやる。

「羽花ちゃんのお弁当だって、かわ……」

黒い長方形の弁当箱には、きっちり半分に白いご飯が詰められ、お約束とばかり梅干しがのる。おかずはすべて羽花の大好物で、煮魚に焼き魚、きんぴらごぼうと煮豆、高野豆《こうやどう》腐《ふ》、そして彩りとして添えられたさやいんげん……全体的に茶色、たまに緑しかない。

「精進料理《しょうじんりょうり》？」

いつの間にか後ろに来ていた界が、頭の上から冷静な突っ込みを落としてくる。あゆみはその場に突っ伏し、笑いをこらえていた。

「なーなー、女子たち、あれ何必死に上見てんの？」

気付けば、界がここへ来たことでクラスメイトたちが周辺に集まってきていた。悟が顔を上げ、答える。

「ああ、おまじない？　みたいなやつだよ。木々の間から空がハートに見える所があるって」

「はぁ？　見つかるわけねー」

「くだらねーって表情してる、界」

話題を振られた界は、無表情で否定する。

「してねぇよ」

「してるじゃん」

それを、悟がきょとんとした目で見上げた。

「いや？　しないよな？　だって界、女子と二人でそういう素敵スポット行ったことあるしな」

（……え？）

初めて聞く情報に、羽花は耳を疑う。周囲にいたクラスメイトたちも同様に驚きの声を上げた。

「は!?　うそだ、まじで!?」

「……悟、余計なこと言うな」

界は右手で額を押さえてうめく。

「否定しない!?」

「やめろよ!!　らしくねぇことすんなよー!!」

「……知らねぇよ」

孤高の狼のごときイメージを崩されて、仲間たちは悶絶《もんぜつ》している。それもそのはず、界の恋愛方面の話はこれまで誰も話題に出してこなかったのだった。

（……そうなんだ）

羽花は妙に納得した心地がして、頭の中で大いにうなずいた。

（そうだよね、三浦《みうら》くんだもん）

羽花の周囲でも、同級生の中で大人びた子などは、小学生の頃から彼氏だの彼女だのを作っていた。中学生になればカップルの数は増えたし、つき合うまでいかずとも、誰が好きとか誰がかっこいいとか、そんな話ばかりになっていった。

これだけ目立ち、人気者の界だ。

つき合っている女子が普通にいたのだろう。

（深い仲の人が……）

当たり前だ。疑いもしない。むしろ彼女がいなかったはずがない。

そう思うのに、どうしてだろう。

胸の片隅に小さな針が刺さったように、ちくちくと痛むのは。

（じゃあ、私の知ってる秘密なんてたいしたことない）

彼女さんは、もっとずっと界に近い場所にいる。羽花の知らない彼をたくさん知っている。

（なんか私、勘違いしてた）

頭上で鳥が飛び立った。大きな羽音と葉ずれの音に驚いて、弁当のおこぼれを預かっていた小鳥たちも一斉に飛び立つ。

やかましいほどの鳴き声が響き、耳の中でこだました。

昼食を終え、またしばらく進むと分かれ道に差し掛かった。

（あれ？　矢印の方、なんか道が荒い……？）

八美津高校はこちらと看板が指し示す方向は右だったが、そちらは岩がむき出しになった崖《がけ》の脇道で、足場にも大きな石がごろごろと転がっている。

（こっちに行くの？　でも……）

反して、左側の道はこれまで進んできた平淡な道と同様歩きやすそうだ。樹木の間隔も密ではなく、木漏れ日《こもび》がたっぷり差し込んで明るい。

（左の方が正しいんじゃ？）

どちらの道もカーブしていて、A組の最後尾の姿は見えない。

「石森ちゃん、どうしたのー？　みんなも先生も右行ったよー？」

立ち止まっている羽花に、真鈴が声を掛けてくる。

「……あ、そう、なの」

先に右側の道へ踏み込んだクラスメイトも羽花を振り返り、おもしろ半分で尋ねてくる。

「登山部、これどっちー？」

(私の考えすぎか)

行き先看板が示しているのだから、間違いないのだろう。

「右に行きましょう」

一行は再び固まって歩き出した。

細い木や太い幹が秩序なく雑然と入り組む森の中、足元には大きな石が転がっている。頭上を見上げると、思った以上に濃い緑色の葉が鬱蒼と覆《おお》いつくし、深い影を落としていた。時折びゅっと強い風が吹くと、女性の叫びのような音を立てて枝がしなり、灰色がかった曇り空が見える。小道が随分《ずいぶん》と暗く感じるのは、いつの間にか太陽が隠れてしまったせいでもあるらしい。

「……なんか、どんどん道、険しくなってってってない？」

「ねー？」

何かがおかしいと、皆が気づき始めた。

ともすれば足をくじいてしまいそうなほど、地面は荒れていた。岩が所狭しと道を塞《ふさ》ぎ、合間にはむき出しの木の根がうねっている。さらに暗がりには苔《こけ》がびっしりとはびこり、足元をよく見て歩かないと危険ですらある。

「前後に他のクラスが全然いないんだけど」

「こわ」

立ち止まったり、周囲を見回したりして、一行の足取りは遅々《ちち》として全然進まなくなってきた。

そんな最中、急に緞帳《どんちょう》が下りたように暗くなり、雷が鳴った。

「え!?」

構える隙《すき》もなく、大粒の雨が降ってくる。

「うっそ」

「ギャー!!　雨やだー!!」

本能的に走り出そうとする生徒を、界が大声で呼び止める。

「まて！　動くな!!」

「なんで。だって雨」

「分かってる。けど散るな！　はぐれるだろうが！」

いつも冷静な界のあまり見せない剣幕に、生徒たちは戸惑いを見せる。

「え……、なに急に、そんな真剣に」

「別に迷ってるわけじゃないし、よくない？」

「ねえ、石森ちゃん」

いくつもの不安を宿した瞳が、一斉にこちらへ向けられる。凶器に似た鋭さを持つ視線に貫かれて、羽花は言葉を詰まらせた。

大丈夫だと、なんでもないという答えを彼らは期待している。そう告げて安心させてあげるべきなのかもしれない。

だが、羽花もまた募《つの》る焦燥《しょうそう》に身を焼かれそうで、とても余裕のある態度はとれなかった。

ただ正直に思ったままを告げる。

「……迷ったかも、しれません」

一瞬の間を置いて、非難の声がどっとあふれた。

「ハァ⁉」

「え、冗談だよね？」

「どうすんの」

しかし、深く追及する前に、いっそう激しくなった雨音がそれを留める。

さすがに議論を続ける状況ではない。各々《おのおの》大木の下へ身を縮め、しばらくの雨宿りを余《よ》儀《ぎ》なくされた。

（どうしよう）

これでは前にも後ろにも進めない。もともと悪路だったのが、大雨とまたいつ鳴るか分からない雷で、非常に危険な登山になってしまう。

「今日、髪うまく巻けたのに〜」

「最っ悪……、まつ毛落ちたじゃん」

皆、鬱屈《うっくつ》した気持ちを抱えて下を向く。

「ぶはは、さっきまであんな楽しかったのに！　ちょーうける!!」

トンボが手を叩きながら騒ぐものの、一旦はびこったピリピリした空気はそう簡単には変わらない。

「うっさい。全然うけない、黙れ」

「んなイラついたってなぁ」

すると、真鈴がしょんぼりと下を向きながら指摘してきた。

「石森ちゃん、パンフもあんなずっと見てたのに……」

「そうだよ！　しっかりしてよ、石森ちゃん!!　唯一の優等生なんだから」

傍にいた女子生徒も、真鈴に同調して羽花に詰め寄ってきた。

青ざめる羽花の隣で、あゆみだけは眉《まゆ》を吊り上げてかばってくれる。

「うわ。全然悪くない羽花ちゃんのせいにした！　はいドン引き」

「だ、だって」

「矢印通り来ただけだしね。ん？　矢印間違ってた？　ってこと？」

あゆみが首を傾《かし》げるが、誰も答えは分からない。

「なんでよ」

「誰かが向き、変えたとか」

「なんのために!?」

話せば話すほど、焦りと苛立《いらだ》ちが募《つの》っていく。そこへ、悟が持ち前の明るさで場を和《なご》ませた。

「いや、てかさー。フツーに帰れるよ」

「そうだよ、ちょっと一旦冷静になろ」

あゆみも一緒になって明るく言う。二人のおかげで、にわかに空気が持ち直した。

「帰れるよねー、フツーにー。あははっ」

だが、すぐにまた雰囲気《ふんいき》が暗転する。一人の女子生徒が思い詰めるあまり泣き出してしまったのだった。

「う、やだよぉー帰りたいよぉー、ママぁー」

再び行き詰まったムードに支配され、生徒たちは隣り合う者と肘をつつき合い、ひそひそと不安をこぼした。

「とりあえずどうしたらいいの？」

「分かんね」

視界が遮《さえぎ》られるほどの土砂降りは、永遠に止まらない気さえしてしまう。

（私、全然なんの役にも立ってない）

このクラスのためならできることをしたいと思ったのに、意気込みだけ一人前で。

「……私、道、探してきます！」

「え、ちょ……石森さん」

居ても立ってても居られなくなった。羽花は雨の中飛び出した。どうしてもうつむいてしまう顔を必死に上げて、虚勢を張り、ぬかるむ地面を踏みしめて。

「あー、ったく」

呆れた声がして、すぐ後ろを足音が追ってきた。界だった。

「石森」

羽花は構わず、ずんずんと進む。スニーカーが泥を吸って重くてたまらない。雨が髪を濡らし、首筋を冷やし、服は肌に張り付いて気持ちが悪い。

「石森！」

「変だなって思ったのに」

もう一度鋭く呼び止められて、羽花は思わず堪えきれずに口を開いた。

「思ったけど……」

(無理なのかな、誰かの役に立とうだなんて。勘違いしてるんだ)

一度弱音を吐くと、堰《せき》を切ったように感情があふれだした。止められない。

「どうしよう。もっと私がしっかりしてたら。どうしよう、帰れなかったら。私、やっぱり――……」

その時だった。

出し抜けに肩を抱きすくめられた。

思わず息を詰めるほど強い力で。

「……落ち着け」

囁《ささや》くような低い声が耳朶《じだ》を震わせる。背筋を稲妻《いなずま》が走り抜けた。

「石森、落ち着け」

気づけば、母鳥が大きな翼で雛《ひな》を守るように、界の腕が羽花を包んでいる。広い胸に押し付けられた頰《ほお》が、湿った服を通して確かなぬくもりと鼓動を伝えてきた。

「大丈夫だから」

「っ！」

界の腕の中で、羽花は瞳を揺らめかせる。果てしない優しさに包まれて、その甘さにおぼれた。

大丈夫。

心の中で反芻《はんすう》すると、すうっと身体《からだ》が軽くなる。さっきまで毒のように胸の内を支配していたあらゆる不安が、霧と化して昇華していく。

（大丈夫。だって、三浦くんが言うから）

その名前を思い浮かべただけで、自信が生まれる。彼を想う度《たび》、強くなれる。どんな障害だって乗り越えられそうな気がしてくる。

「その格好。人一倍気合入れてきたんだろ。らしいなって、ずっと思ってた。石森なら大丈夫だ」

（三浦くん……！）

どんな嵐の中でさえも、界は羽花を光の世界へ導いてくれる。

大雨に遮《さえぎ》られていた視界が急にはっきりして見えた。羽花の視線の向こうに、アーチ型に石を組んだ大きな橋が浮かび上がる。

「あ!!」

とっさに羽花は全力で両手を突き出し、界の抱擁《ほうよう》を跳ね飛ばした。

「ハァ!?」

訳も分からず尻もちをついた界は額に青筋を立てるが、羽花はポケットからしわくちゃの地図を取り出し、大声で訴えた。

「三浦くん!!　ここ……地図に載ってる……」

間違いない。隅々まで読み込んだ羽花だったからこそ、ゴールにつながる道を見つけられた。

ぽん、と界の手が頭に置かれる。よくやったとばかりの軽いねぎらいだった。

「ここ一歩も動くなよ」

そう言って彼は、仲間たちを呼びに行ってくれた。

ほどなくして、クラスメイトが集まってくる。

「石森ちゃーん!　さっきはごめんねぇー、石森ちゃんのせいにして」

「へぶしっ」

「ノドかわいたぁ。雨のんじゃダメだよね」

羽花はリュックの中からタオルと未開封のペットボトルを取り出し、くしゃみをしていた二人に差し出した。

「これ、よかったら」

「……あ、りがとう」

他にも、薄着だったり寒そうだったり困っている子を探し、必要な物を配って回る。

「タオルと飲み物です」

「まじで!?」

雨はまだ依然として降り続いており、進路を妨害している。

それでも、クラスメイトたちの士気はもう下がりはしなかった。

「……あのバカでかいリュックって、オレらの分が入ってたんか？」

「それであの大荷物？」

「……なんか、アレだな」

「――うん。がんばってるよな、石森ちゃん」

山道はいっそう険しくなり、曲がりくねった樹木を避け、岩が自然の階段になっている崖《がけ》じみた段差を上って進む。

「なんじゃこのサバイバルゾーン」

「雨降ってるから余計なー」

羽花はひそかに喉《のど》へ手を当てた。すると、頭上からレモンソーダが差し出される。

「ホラ」

見上げれば、大きな岩の上に屈んだ界がこちらを見つめていた。

「人にやって自分のないんだろ。オレの飲みかけだけどな」

(本当に、周りをよく見てる。私のことまで、見てくれてる……)

ありがたさと恥ずかしさと申し訳なさで身が火照《ほて》る。

「三浦くんの飲みかけは飲めません」

「こんな時に何言ってんの?」

(ええ、ほんとに)

「文句言うなよ」

「いえ、むしろ贅沢《ぜいたく》……」

ぽろりとこぼれた本音に、界は目を点にして黙る。ドン引かれたに違いない。

(ほんと何言ってんだろ。……三浦くんのせいだ)

冷たかったり、優しかったり。そのたびに羽花は冷静になったり動揺《どうよう》したり、忙しい。

(石だったのに、私)

何事にも心を動かされないよう、息を殺して生きてきた。そんな陰気で凝《こ》り固まった自分が、レモン色の雨に流されて柔らかく溶かされていく。

ずっと胸につかえていた苦いものが薄れると、鬱蒼《うっそう》とした空まで心なし明るみを帯びてきた気がした。

「……ははっ。疲れて頭おかしくなってんだろ」

(あ、笑っ……た……)

見上げた彼の微笑の向こうに、ほの白い空の一片が見える。深緑の樹木がぽっかりとくり抜かれた形が——ハート型を作っていた。

左右対称でお手本のように見事なハートだ。

雲の向こうのかすかな光を含んで、ハート型は淡い金色にも、銀色にも、ピンク色にも見える。霧雨《きりさめ》のように降りかかる雨がキラキラと輝いて、界と羽花を無数の光の結晶の中へ閉じ込めた。

(なんて……綺麗《きれい》な世界だろう)

夢かと疑うほどの光景の中で、界の笑顔がそこにある。

現実として存在している。

それこそが、きらめきを秘めた天然のハートよりもずっと美しくてまぶしかった。

(恋をするなんて、思ってもみなかった。あの、下を向いてばかりだった私が)

雨はいまだ上向いた顔へ打ち付けている。

それでももう、羽花は上を向いていける。

「女子ー、空がハートうんたらはどうなったんだよー」

「それどころじゃねぇー」

強い羽花の視線を追って界が空を振り仰《あお》ぎ、クラスメイトたちの話に得心する。

「……ああ、なるほど。みんな上見ろー、石森がいいもん見つけたぞー」

「えー」

「ギャー!!」

顔面で大粒の雨を受け止め叫びを上げつつも、皆すでにこの状況を楽しみ始めていた。

「これなんか意味あんの?」

「好きな人と見ると願いが叶う!!」

(だったら、私が願うのは――)

羽花は大きな瞳をしっかりと見開き、ハートに願った。

——みんなが無事に帰れますように。

やがて、地平線が明るくなってきた。雨も軽くなり、次第に気にならなくなっていく。険しかった道が徐々に平淡になってきて、樹木が細くなり……千切《ちぎ》れ雲が飛ぶ白い空が見えてくる。

「うぉーい!!　無事かー!?」

正面から盛大な足音を立てて走ってくる人影があった。

「ごめんなオレが引率《いんそつ》できなくてー!!　カメラ係だったんだー!!」

担任の阿部《あべ》だった。眉《まゆ》を吊り上げ額にはびっしりと汗をかき、涙目で先頭の生徒を抱きしめる。

「あははっ、ただいまー!」

「ごめん、一瞬迷子ったー」

後ろには、先に着いていた他のクラスの生徒たちもいて、どうやら皆無事なようだった。

C組以降は、引率の教員が矢印の間違いに気づき、正しい道を進んだという。

「石森!!」

凄《すさ》まじい剣幕で阿部に呼ばれて、羽花は肩をすくませる。

「ご、ごめんなさ」

「無事連れ帰ってくれてありがとうな!!」

(え……)

恐る恐る顔を上げると、阿部は大いにうなずいた。

「石森と三浦がいるから、勝手に安心してたんだ。ごめんなー」

「オレもかよ」

(私が……いるから)

空が少しずつ明るくなってくる。湿気でぼやけた太陽がレモン色に広がり、きらめきが散らばって空のあらゆるところから一斉に光が照り付けてくるようだ。

胸に何かがせり上がってくる。

ぐっと唇を嚙《か》みしめると、目の前に界が手をかざしてきた。

「……泣くか？　隠してやろうか？」

ふっと唇から力が抜けた。底抜けの優しさを浴びて、羽花は瞳を閉ざす。唇は気持ちいいくらい優しい弧を描き、晴れやかな笑みを浮かべていた。

(何もかもがまぶしくて、素晴らしくて)

羽花は深々と腰を折り、丁寧《ていねい》に界へ頭を下げた。

「ありがとうございました」

「なんじゃそりゃ」

何日も何か月も何年も、暗くて濃い鬱蒼とした黒い霧の中で過ごした羽花の日々。それが今、眩暈《めまい》がするほど華やかに彩られていった。


帰りのバスに乗り込む。羽花は皆が避けがちな先頭の座席に身を収めた。

「界ー」

「はい、こっちこっち」

大概《たいがい》において、華やかな面々は後部座席に固まりがちである。人気者の界もまたそこへ呼ばれ、引っ張られていった。

窓の外を見れば、先ほどまでの天気が嘘のように晴れている。

それでもまだ雨粒を含んだ樹木が光のしずくをエメラルドグリーンに輝かせて、八美津高校の生徒たちを見送っていた。

（あ……虹）

七色の橋を見つけてにわかに胸を高鳴らせたとき、隣の席に誰かが来た。

「あー、後ろうるせぇ。寝れねぇわ」

フードをかぶり、疲れた面持《おもも》ちの界が、羽花の右隣にドスンと腰かけたのだった。

(うそ……)

信じられない思いで、ソーダみが強い横顔を見つめる。しつこいばかりの視線に気づいたのか、彼もまたこちらを振り返り、じっと見返してきた。

「……」

「?」

ふわりと甘い香りがして、レモン色の髪が羽花の黒髪に絡まった。右肩に心地の好い重みがのしかかってくる。

「まくら」

信じられないことに、界は羽花の肩にもたれかかり目を閉じていた。

「!? みッ三浦くん」

「うるさい。だまんなさい」

「……ハイ」

思わず雄《お》たけびを上げかけるが、静かに制されて口をつぐむ。

（……なっなんだろう、この状況は。こんなことあるの⁉）

遠足のバスで隣の席に人がいること自体が珍しいのに、それがみんなの憧れの界で、好きな人で、無防備にその身を預けてくるなんて。

心臓が破裂するほど高鳴って、呼吸の仕方すら忘れてしまいそうだ。

（いやでもっ、息したらかかるよね⁉　できない、あッ、こっち向こう‼）

首がもげるほど反対側へ振り切った。自然と窓に向き合い、一面に広がる圧倒的な青の世界へのみこまれる。

空の青さの、雨上がりの虹の、果てなく広がる光の真ん中に今——私はいる。

（そんな勘違いを、またしてしまうくらい）転びそうなところを界に助けられたクラスメイトも言っていた。

——『どうしても好きになっちゃうんだよねー』

（……うん）

——『界は一回通るよね』

（私は一生、動けない気がします）

彼に匹敵する人には、一生巡り合えないと思う。それの意味するところは、『絶望』であり、『叶わぬ恋』だ。

羽花はまだ恋心を自覚したばかり。まだそんな所に立てていない。けれども、いつかはそう思う日が来るのだろう。

(……いいや、今は考えなくても)

空にかかる虹が、ゆっくりとぼやけていく。羽花の大きな瞳にたまる雫《しずく》がそれを映して艶《つや》めく。

(だって、うれしいから)

つっと熱いものが頰《ほお》を伝う。肩に界をのせているから、拭《ぬぐ》えない。ただひっそりと、羽花は七色の涙をこぼした。

(せっかく今まで耐えたのに、三浦くんのせいだ)


昨日のことは、一生忘れない。

「お父さん、リュック貸してくれてありがとう！」

満面の笑顔で告げる羽花に、父はつられて頰をほころばせる。

「おお。遠足は楽しかったか？」

「うん！　じゃあ行ってきます」

「楽しさが今までと違うみたいね」

元気よく出かける娘を見て、母も幸せそうにまなじりを和《やわ》らげた。

中学生の時は心配性の両親から学校のことを聞かれる度《たび》、嘘をついていた。でも今は、自然にいい返事ができる。

(早く学校行きたいなぁ)

こんな浮かれた気持ちで登校する日が来るなんて。八美津高校を選んで本当によかった。

息を切らせ、前方の扉から教室へ飛び込んだ羽花は、正面真ん中の席の様子がおかしいことに気づく。

何かたくさんの物が置かれて埋もれているのだ。

(……？　あれ、私の机だよね……？　な、なんだろう？)

喉《のど》の奥が引きつる。かつて麗美《れみ》をはじめとしたいじめっ子たちから受けていた嫌がらせが脳裏《のうり》によみがえった。

びりびりに破かれた教科書や、敷き詰められた画鋲《がびょう》、油性ペンで書かれた罵詈雑言《ばりぞうごん》など……。

「あっ、石森ちゃん」

「来た来た！」

「ごめん、ちょっと机借りたー」

片隅で立ちすくんでいれば、女子が気づきの声を上げた。足取り軽くこちらへ来ると、袖《そで》を引いてくる。

「っていうか別に話し合ったわけじゃないんだけど、朝来たらみんな持ってきてて」

(持って……？　何を)

見れば羽花の机には、ポップな菓子箱が山盛りになっていた。

『いしもりちゃんへ』

『石森ちゃん　Thank you』

『ありがとう』

チョコレートにラムネ、クッキー、ロリポップにキャラメル……数えきれないほどのお菓子たちには、ペンでメッセージまで書いてある。

「遠足でタオル貸してくれて、飲み物くれたでしょ？　そのお礼のつもりなんだけど、もらってくれるかな？」

(私に……みんなが、ありがとうって)

奇跡のような輝きが、何度も何度も羽花へ降り注ぐ。

「……ねえ、やっぱ量多すぎじゃない……？」

「やっぱり？　気づいてた」

「タオルも一緒に返すと超迷惑説」

「それなんだよね」

「い、石森ちゃん、なんか逆にごめん」

恐縮して両手を合わせてくる子までいる。

羽花はぶんぶんと首を振り、彼女らへ顔を向けた。とろけるほど目を細めて、笑み崩れる。

「うれしい！　ありがとう！」

「っ」

クラスメイトたちは瞳を見開き……それからみんなして、ふにゃっと目じりを下げ、唇を緩《ゆる》めた。

「お、石森ちゃん来たんか。反応どうだった？」

「喜んでくれたよ」

どうやらお菓子を置いてくれたのは女子だけではなかったらしい。報告を受けた男子もまた、遠巻きに楽しそうな瞳をこちらへ向けていた。

羽花は両手を胸の前で組み合わせ、もう一度机へ目を落とす。

まるで宝石箱をひっくり返したように賑《にぎ》やかで、いつまでだって眺めていられる。

(すごいな)

右隣から物音がして、ふと顔を向ける。登校してきた界が、羽花の机を一瞥《いちべつ》した。

「なんだよ。オレは何もねぇぞ。タオル借りてねぇし」

羽花は瞳を輝かせ、柔らかく笑った。

「いりません」

毎日が幸せで、十分すぎる。

そのうち罰でも当たるんじゃないかと思うくらいだ。

第五章

奇跡みたいな世界

Honey Lemon Soda

休み時間、羽花《うか》は女子たちの雑談の輪の中にいた。

「あ、ねぇ見てこれ」

髪をツインテールに結った童顔可憐《かれん》な橋本由瑠《はしもとゆる》が、スマホの画面を見せてきた。

「ん？　うぉイケメン！　誰これ誰これ」

「え、誰って、界《かい》だよ」

ぼんやりと眺めていただけの羽花の焦点がぎゅるんと定まる。

画面には、黒髪で不愛想なまなざしを正面へ向ける学ラン姿の超絶美形男子が写っていた。

（黒髪時代の三浦《みうら》くん……!!）

今よりもほんの少し幼さが残るものの、すでに誰もが振り向くほどのオーラを放っている。金髪だろうと黒髪だろうと、彼の煌《きら》めかしさは変わらないのだった。

瞳をこれ以上ないほど見開いて、凝視してしまう。それは羽花だけではなく、周囲の女子たちもだった。

「三浦くんー！　今すぐ黒髪に戻してー!!」

「これ卒アル!?　卒アルなの!?」

「そうだよ」

由瑠がうなずくと、みんな一斉に食ってかかる。

「卒アル本体はないの⁉」

「ないよ」

「持ってきて！」

「私も見たい‼」

怒濤《どとう》の勢いで詰め寄られた由瑠は、両手を可憐に合わせて提案する。

「え、じゃあ、あたしもみんなの見たい！」

「よし、明日持ってこよう‼」

（卒業アルバム……）

流れをぼうっと聞いていた羽花へ、女子たちは勢いそのまま話しかけてくる。

「石森《いしもり》ちゃんも」

だが、仲間内で一人の女子が気まずそうな声を上げた。

「えっ」

「『えっ』って？」

「……え……だって……」

言いにくそうに口ごもるのを見て、羽花ははっと気づく。

（そうだ私がいじめられてたの、みんな知って……）

中学から一緒の小島麗美《こじまれみ》を筆頭とするいじめっ子集団は、わざわざこのクラスを覗《のぞ》き込んで、皆の前で羽花を貶《おとし》めたのだった。

——『石《いし》？』

——『アイツの中学んときのあだ名。鈍臭《どんくさ》くて、ボーッとして、しゃべんねぇし、表情固まってっし』

——『おい石ーつって、みんなでいじめてたし』

羽花の中学時代に良い思い出などないと簡単に想像できる。失言だったと悟り、その子は素直に謝ってくる。

「あ……ご、ごめん」

しかし謝罪もまた、羽花がいじめられっ子だった事実を改めて指摘するようで、まずいと思ったらしい。由瑠が慌ててとりなそうとする。

「『ごめん』って」

「え、あ、いや違くて。そういう意味じゃなくて、無理しないでっていう……いう……もうしゃべるのやめます……」

弁解すればするほど墓穴を掘る。皆顔を青ざめ、頭を抱えてしまった。

腫《は》れ物にさわるような気づかいがひどく申し訳なくて、それでも彼女らの労《いたわ》りが感じられて、羽花はせめて笑ってそれを受け流した。

「うん、ありがとう。ごめんね」

三人は言葉を失い、沈痛な面持《おもも》ちで下を向く。そこへあゆみが登校してきた。

「おはよー、どうしたの？」

「おはよう！　なんでもないよ！」

羽花が元気よく答えれば、周りの女子たちはこっそりと安堵《あんど》の息をついた。

「羽花ちん、これ遠足のお礼ー！」

「あゆみちゃんも!?」

「『も』ってー？」

あゆみのおかげでぎこちない空気は一掃《いっそう》できた。けれども……。

（せっかくみんなが私に振ってくれたのに）

羽花の胸の中にはもやもやしたものが残った。


翌朝、羽花が登校すると、すでに教室の中央では卒業アルバムの見せ合いが始まっていた。

「持ってきたよーん」

「写り悪いから、ほんと」

「どれどれ?」

「いや、ふつーにかわいいから!」

羽花は持参したアルバムを胸にきゅっと抱き、ためらいがちに賑わいの輪へ近づいていく。

「はい、じゃあ本命の西中《にしちゅう》」

(あ、三浦くんの中学)

女子らの背中越しに首を伸ばして覗き込む。

「何組?」

「二組」

「あっ、これ高嶺《たかみね》くん!? 髪短い」

「瀬戸《せと》くんもいるーっ」

「あゆみだ! 前髪なかったんだー」

(あゆみちゃんかわいい)

思わず、恋するまなざしで大好きな友人の姿を見つめた。胸がどきどきする。

「みんな同クラだったんだー」

お馴染《なじ》みのメンバーが勢ぞろいした紙面は、花が咲いたように華やかだ。

（……キラキラしてる人たちは、はじめからそうなんだ）

羽花はアルバムを抱く腕に力を入れた。

実は、昨日クローゼットから掘り起こすまで、自分のアルバムなのに一度も開いていなかった。どれだけ暗い表情で写っているのかと考えたら、怖くて確認できずにいたのだ。

それでもなんとか勇気を出して、薄目で背をそらし、斜めからそっと自分の姿を探してみた。すると、『無』という言葉がぴったりくるような表情で写っているのが見えた。

クラス写真も、集合写真も、委員会の写真も、どれも集団から一定の距離をとってぽつんと一人ではあるものの、表情は全くと言っていいほど一緒だった。

決して楽しそうではないが、無難。

これならきっと皆に見せられると思っていた。

だが。

「あっ、この子超かわいい！」

「どれ？」

「この、菅野芹奈《かんのせりな》って子！」

覗き込んだ女子たちの目が、本気を帯びる。

ローズレッドのウェーブヘアに、幾万もの星を閉じ込めたような瞳、それをびっしりと覆《おお》う長くつややかなまつ毛、肌はきめ細やかで雪のように白く、唇は桜色にぷっくりと色づき、大人びた美貌《びぼう》でありながら可憐さも併せ持つ、非の打ち所がない美少女がほほ笑んでいた。

「うわっ、まじかわいい。芸能人!?」

「芹奈ね。学年でダントツかわいかったよ。超モテてた。性格もよかったし」

(こんな人が、三浦くんと同じクラスに)

ハンマーで頭を殴《なぐ》られたような衝撃が走った。

一同はページをめくりながら、感想を言い合ったり、各々《おのおの》の行事の思い出話で盛り上がったりしている。

「いや、てか界、全部無表情すぎだろ」

「むしろ安定じゃない？　あんまり笑わないよね」

「この修旅の写真好きなんだー。見てこのあたし！　ほら、うしろに写りこんでんの」

「修旅のいいの、私もあるよ！」

「まって、体育祭ならある！」

羽花が映っているのは、無難でしかないなんのおもしろみもないものだ。修学旅行も体育祭も見切れた写真すらなく、個人写真とか委員会とか必要最低限しか撮られていない。

（でも、みんなは私とは違う）

喉《のど》の奥がひりついた。

――『ごめん』

――『無理しないで』

昨日みんなは羽花の過去に触れるのを避けようと気づかってくれた。そこで終わりにしておけばよかったのに、わざわざ戸棚《とだな》の奥まで探して発掘して、本当に持ってきた自分のバカさ加減に呆れてしまう。

（私、なんでこれで、ちょっとでも仲間に入れると思ったんだろう）

かあっと頬《ほお》が上気して、耳まで火照《ほて》る。なんて恥ずかしい。

両腕で固く覆い隠し、羽花は後ずさりをする。なんだか関節まで痛い気がしてきた。

「あれ？　石森ちゃん？」

（こんなの、見せられない）

たまらず、羽花は卒業アルバムで盛り上がる教室から逃げ出した。

誰にも見つからない場所を求めてさまよい、やがて屋上へたどり着いた。

遠足の日と同じ、白い千切《ちぎ》れ雲を散らした青空が羽花を迎えてくれる。それなのに、目がしょぼしょぼして上を向くことができなかった。

(私の過去は、他の人が見ても恥ずかしいんだ……)

いじめられ、石のように固まって無為に過ごしていたあの時。

思い出すと、昔の自分へ揺り戻されてしまう。

まだ怖い。

ぎゅっと目を閉じ、うつむいた。

(帰ったらまた封印だ)

戸棚の奥底へしまい込んで、存在も忘れて、そのまま過去まで全部なかったことにできたらいいのに。

ふいに、真横から紙をめくる音が聞こえた。

何気なく顔を上げると、そこには……、

「三浦くん!?」

誰もいないはずの屋上に、何故か界が立っていた。しかも彼が今眺めているのは、先ほどまで羽花が抱えていたはずのアルバムで。

「何組？」

「ちょっとまって」

いつの間にか空《から》っぽになった腕を広げて、慌てる。しかし界は動じず、重ねて同じ質問を繰り返す。

「何組？」

「四組、でした」

押し負けて答えてしまうと、容赦《ようしゃ》なく当該《とうがい》ページが開かれる。冷めた視線が注がれたと思ったら、あっさりとした感想がもたらされた。

「……なんだ、普通じゃん。持って逃げるから、どう写ってんのかと思ったら。それか、いじめっ子に落書きされてるとか」

「……そうではなくて……」

振り絞《しぼ》った声はかすれて、喉に引っかかる。

「は？」

「……体育祭も修学旅行も、楽しい思い出はありませんでした」

消え入りそうに語尾をすぼめて伝えると、界はそっけない態度のまま続きを促してくる。

「で？」

「だから……忘れます」

「なんで？」

「なんでって」

「忘れんなよ。絶対」

強く言い切られて、羽花は息を止めた。

「この頃があるから今の石森がある。それがいいか悪いかは、昨日クラスの奴らが教えたろ」

机いっぱいのお菓子の山。

仰向《あおむ》いた顔に、照り付ける太陽の光と共に、あの幸せで賑《にぎ》やかな光景が降ってきて、心が震えた。

いつも、何度でも、界はしぶとく固い殻《から》にこもった羽花を見つけて、その殻を壊して掬《すく》いあげてくれる。

羽花は何一つ失っていない。

あの時代を、なかったことになんてしなくていい。

「これみんなに見せていい？　おもしろいぞ、これ。座敷《ざしき》わらし的な何かだろこれ」

つまらなそうな無表情で固まる姿を、そんな幸せが舞い込む系のマスコット扱いしてもらえると、うれしい気までしてくる。

羽花は背筋を伸ばし、両手を差し出した。

「自分で見せます」

わずかに界の瞳が見開かれる。彼はポケットを探ると、一粒の飴玉《あめだま》を取り出した。

「……一票足しといて」

アルバムと共に渡されて、羽花は戸惑う。

「……三浦くんには何も貸してない……」

「がんばったで賞？」

レモンソーダ味のキャンディーの向こうで、レモン色の髪の君が爽《さわ》やかにほほ笑む。瞳に、耳に、唇に、首筋に、胸いっぱいに――無数のきらめきが伝わってきて、身体《からだ》中が熱くなった。

（……そうだ、私、大丈夫だ）

「じゃね」

界は言いたいことを言い終えたとばかり、先に階段を下りていく。

思い出は、これから作ればいい。遠足だってそうだ。

それが、ここでならできるのだから。


羽花も教室へ戻ろうと急いでいると、廊下《ろうか》で呼び止められる。

「羽花ちゃん、ちょっといい?」

(高嶺くん)

あゆみや界と一緒にいると、必然的に彼と話すことはあれど、こんなふうに個人的に声をかけられたのは初めてではないか。

「う、うん?」

戸惑いながら足を止めると、友哉《ともや》が後ろに女子生徒を一人連れているのに気づいた。

「ホラ」

「……」

促されて、彼女は一歩進み出る。長い前髪をリボンで高く結い上げているのは、真鈴《まりん》だった。

「ごめんなさーい」

「!?」

上滑りする声で突然謝られて、羽花は目を丸くする。

「遠足で矢印の向き変えたの、この人」

説明不足を友哉が補《おぎな》ってくれる。しかし羽花は、さらに困惑を深めた。

「え。そ、そうだったの……!?　どうして……」

真鈴は開き直ったのか、横を向いて淡々と告げてくる。

「石森ちゃんのくせに、私より界と仲いい感じなのが、超イラッとしましたー」

道を間違えれば、登山部とあだ名をつけられ案内人のごとく振る舞っていた羽花のせいになると思い、軽い気持ちでやったのだという。

「でも、もう飽《あ》きたからやりませーん。じゃーー」

悪びれもせず言い捨てると、こちらの返事も待たずに彼女は踵《きびす》を返す。羽花は始終うろたえてばかりで、どう反応すればいいのか分からないでいた。友哉が代わりに、ひどく申し訳なさそうに謝ってくる。

「……ゴメン」

「イエ!!」

まだ整理はつかないものの、少なくとも友哉のせいでは全くない。慌てて首を横に振り、なんとか正気へ戻った。

「……仲いいなんて、間違いなんだけどな」

ぽつりと感想が零《こぼ》れる。

すると、友哉の声がワントーン低くなった。

「間違ってないと思うよ?」

「え」

「前にも言ったでしょ。界が自分から女子を構うの珍しいって」

ぽかんとしている羽花へ、いつになく冷ややかなまなざしが注がれる。

「当人たちに自覚がないだけで、少なくとも周りにはそう見える。だから、さっきみたいに思う子が他にも出てくるかもしれない」

(さっきみたいって……)

不貞腐《ふてくさ》れたふうの真鈴の声がよみがえる。

――『石森ちゃんのくせに』

――『超イラッとしましたー』

地味で臆病で、クラスの中でとりわけ浮いているのは自分が一番分かっている。

それなのに、最も華やかで一番人気者の界に憧れて、恋をして、追いかけている。

分不相応だと、誰もが思うだろう。中には不快感を覚える者も当然いる。真鈴のように。

「……界がいなかったら、今頃羽花ちゃんはどんな毎日だっただろうね」

「それは」

「もしかしたら、もっと幸せだったかもしれない」

口を挟む隙《すき》を与えず、友哉は静かに、しかし確実に畳《たた》みかけてくる。

「界のおかげで最悪からは抜け出せたけど、でも同時に、起きなくてもいいトラブルも起きてる。それは、二人が一緒にいるからだよ」

(何を言われているの？　高嶺くんは、何が言いたいの？)

真意を問いただすような彼のまなざしはひどく凍えていて、喉元《のどもと》へ氷の刃を突き付けられている心地がした。

「羽花ちゃんは今、本当に前に進めてるのかな？　それとも実は、何も変わっていないのかな」

変わりたいと、ずっと願ってきた。

少しでも界に近づけるために、小さな一歩を踏み出して、積み重ねて、必死に足掻《あが》いてきた。

でもそれは、本当に前へ進めていたのだろうか。血液へ広がり、全身が凍《い》てついて、軋《きし》むように痛む。

胸の中が毒を含んだ氷で浸食されていく。血液へ広がり、全身が凍てついて、軋むよう

「界が羽花ちゃんの側にいることは、実はどうなんだろう」

どう受け止めればいいのか分からない。

（……そのまま？　私がここに来たこと、間違ってるって）

不安と当惑の崖《がけ》へ突き落とされて、羽花は進むべき道を見失った。闇が覆《おお》いかぶさってきて、呼吸さえままならなくなってくる。

（息が……苦しい）

どうやって友哉と別れ、どうやって教室まで戻ってきたのか……分からない。

せり上がってきた咳《せき》を堪えきれず、身体をくの字にして何度もむせる。

（……ねぇ、三浦くん。少しずつでも近づけるんだと思ってた）

でも実際は、ただ同じ位置で、一人でうろうろしているだけだった。

後から後から、息が詰まって咳が止まらない。

（……苦しいよ）

必死になればなるほど、ただ界との距離を思い知る。

続けざまの咳で、瞳には生理的な涙が盛り上がる。視界がおぼつかないのはそのせいだろうか。なんだか頭も重くて、ぼーっとしてきた。

羽花は傷ついた小鳥のように身を引きずりながら、その場を後にした。

自信喪失《そうしつ》から浮上したかと思えば、またもすぐさま急激に落ち込んでしまったのは、どうやら体調不良に由来したらしい。

「羽花、顔が真っ赤よ」

帰宅と同時に母親に指摘され、熱を測ってみれば優に三十九度を超えていた。

自覚したとたん身体がどっと重くなり、そのままベッドへ倒れ込む。大量の寝汗と咳で時折覚醒《かくせい》しつつ、丸一日以上眠りこけた。

二つの夜を越えて日曜日の朝、さすがに寝すぎて腰が痛くなり、羽花は身体を起こした。

すかさず母親が世話を焼きに来て、腋《わき》に体温計を挟んでくる。

ゆったりとした時間が流れる部屋に、小鳥のさえずりのごとき電子音が響いた。

「どれどれ。うん、昨日よりだいぶ下がったわね」

三十七度八分。

重病とはいえないが、まだしんどい。常より荒い呼吸と赤らんだ目元を見て、母はそっと肩を押してくる。

「ほら、横になって。明日からの学校も無理しないで。しっかり治していけばいいからね」

（……よかった、土日で）

こんな状態で学校に行くと言って、許してくれる両親ではない。高熱でなくとも、咳が出ているだけで心配されるだろう。

「フルーツ切ってくるわねー」

部屋を出ていく母親の後ろ姿を見送ってから、羽花は布団の中で拳を握りしめ、瞳に闘志を燃やす。

「絶対治す。絶対休まない。皆勤賞目指してるもんね」

思えば、中学生の時も皆勤だった。

一度休むとタガが外れて、そのままずっと行かなくなってしまいそうで。

（ちょっとした意地だったな）

そして両親ともに過保護というこの環境。行きたくないと言えば間違いなくそれを許してくれただろう。

（……学校に居場所がないって、あの時話していたらどうなっていたかな）

二人とも顔色を変えて……母なんて目に涙を浮かべたかもしれない。父はきっと、どうしてもっと早く気づいてやれなかったと自分を責めて落ち込み、次の瞬間には瞳に炎を燃やす姿が想像できる。

その日のうちにスーツに身を包んで学校へ行き、烈火のごとく抗議したに違いない。その上で改善が見込めないと判断すれば、住み慣れたこの家をためらいもなく売り払い、全く知らない土地へ引っ越して別の中学へ転入させられたかもしれない。

（どっちもありそうだ）

ふふっと笑いがこみ上げる。けれども、ふと机に置かれた紙袋が視界に映り、羽花は真顔に戻った。

中には、クラスのみんながメッセージ付きでくれたお礼のお菓子が入っている。

（そしたら何かしら環境が変わっていて、今の学校のみんなには出会えていなかった）

手繰《たぐ》り寄せられるようにベッドから起き、紙袋に触れる。色とりどり大小さまざまなお菓子がぎゅっと詰めこまれた様子は、まるで自由気ままに楽しく過ごす八美津《はちみつ》高校の生徒たちを見ているようだ。

まう。

羽花だけ風邪《かぜ》をひいたら、きっとみんなに大雨の遠足を思い起こさせ、気を遣わせてし
早く治らないと。

(……治れ)

紙袋の中から一粒のキャンディーを取り出し、手のひらへのせた。

レモンソーダ。

界を思い出すと、同時に友哉の凍てついたまなざしまで一緒に浮かんだ。

──『起きなくてもいいトラブルも起きてる』

──『それは、二人が一緒にいるからだよ』

底なしの穴へ落とされたようなあの感覚がよみがえってきて、羽花は両手で胴を抱きしめた。

界と一緒にいて、これ以上ないほどの幸せを感じるのと同時に、どこかで自分は相応《ふさわ》しくないのではという焦燥《しょうそう》が少しずつ積もっていった。いつの間にかそれは随分《ずいぶん》かさを増やしていて、友哉の鋭い指摘で一気に心を圧迫したのだった。

(私、どうしたら……)

と、階下で家の電話が鳴る。

静寂の中、考え事に没頭していたせいで、ひどく驚いてしまった。おまけに、階段を上る母の足音が近づいてくる。

「羽花ー、あら起きてる。電話出れる？　お友達から」

ひゅっと体温が下がった。

今までの『お友達』は、羽花が代わった瞬間無言だったり、そのくせ背後からは下卑《げび》た笑い声が響いていたり、聞くに堪えない罵倒《ばとう》のオンパレードだったりと、ひどい経験しかない。

「……う、うん、で、でる……」

びくつきながら返事をすると、母は続けて告げてくる。

「あゆみちゃんて子からよ」

（え!!）

受話器を早く！

羽花は伸びたバネが縮むような勢いで飛びついた。母は頰《ほお》に手を当て、しみじみと言う。

「高校生になってお友達からかかってくるの、はじめてね」

我が事のごとくうれしそうだ。『あんまり長電話はダメよ』と茶目っけたっぷりに付け加えてから部屋を出ていく。

（あゆみちゃんが……なんで）

気が急《せ》くと、呼吸が荒くなり、咳がこみ上げてきた。受話器の口を押さえて喉《のど》をならしてから、いざ、応答する。

「も、もしもし！　あゆみちゃん⁉」

『いや、オレ』

聞こえてきたのは、男性の声だった。

（……オレ）

羽花は目を瞬き、息を止める。

『返してよ、界ー！』

『ちょ、オレって』

遠くから別の二人の男女の声もする。三人とも、受話器越しで少し記憶と違うものの聞き覚えがある。

『……もしもし？　石森？』

耳に直接囁《ささや》いてくる、低くて爽《さわ》やかで、でも重みがあって、ほんのり甘い声。

（え？）

その主に思い至った瞬間、滞留していた血液が一気に全身を駆け巡った。投げ出した受話器は机に当たって盛大な音を上げ、後ずさった身体《からだ》は椅子《いす》にぶつかり、均衡を崩してお尻から床へ転がった。

それでも痛みを感じるどころではない。

(……な、ななな、な、な)

右耳を押さえて、わなわなと肩を震わせた。

(……い、今の声は、今の声は)

心をとらえて離さない重低音は、紛《まぎ》れもなく。

「もしもし。……み、三浦くん、ですか?」

『そうだけど』

(電話の声、ちょっと低い)

しかも、直接耳朶《じだ》へ吹き込まれる感覚が、とてつもなくくすぐったい。まぶたをぎゅっと閉じて、ありがたさを噛《か》みしめる。

『あゆみが』

「はい」

『今日、石森何してんのかなって。遊べるなら遊びたいって、阿部《あべ》さんに番号聞いて電話したんだけど』

（遊……）

休日に友人と遊ぶ。

そんなの物語の中の出来事だと思っていた。

頭にぽわっとピンクの花が咲いたような気がしていると、続けて残酷《ざんこく》な決断がお見舞いされる。

『でも無理だな。風邪ひいてんなら』

「!!」

喉を調えて話し始めたつもりでいたが、その前の咳《せき》がばっちり聞かれていたらしい。

『えっ、羽花ちん、風邪ひいてんの!? 遠足のせいじゃーん!!』

だが、受話器の向こうから聞こえたあゆみの心配そうな声に、精いっぱいの虚勢を張る。

「ひいてないよ、風邪」

『いや、ひいてんじゃん』

「ひいてないです！」

すかさず界の突っ込みが飛んでくるが、羽花は意地でも否定してみせた。しかし、界のほうが数段上手《うわて》だった。

『じゃあ今から出てこられる？』

「っ」

『いやでも、伝染《うつ》されたら困るしな。あーせっかく電話したのに』

恨みがましく訴えられて、羽花はとうとう根負けした。

「……ごめんなさい」

平然を取り繕《つくろ》う余裕もなくなり、いがいがした声で謝る。

『ほら、ひいてんじゃん』

普段から観察眼の鋭い界を騙《だま》そうだなんて、羽花には百万年早かった。

『羽花ちーん!!　早く治ってねー!!』

あゆみが受話器の向こうから大声で伝えてくれる。元気な声に、ひどく励《はげ》まされた。

『……じゃあ』

頃合いを見て、界が別れを告げようとする。すぐ近くで『もう切るの？』とあゆみが驚いた声を出した。

羽花もまだ電話を切りたくない。引き留めたい……なんて考えるものの、同時にこんなガラガラ声で会話を続けるのは申し訳ないと思い返す。

ただ、これだけは伝えないと。

「あ、あの！」

電話が切れる前にと慌てて言葉を滑り込ませた。

「休みの日にお話しできて、とても嬉しかったです!!」

『……』

「あとそれからっ、あゆみちゃんにもよろしくお伝えください!!」

(言えた。これで、もう……)

受話器を置くだけ。それでもせめて向こうから切れるまで、一秒でも長く繋《つな》がっていたいと、握る手に力を込めた。

電話は、何故かしばし沈黙した。

『……石森。これどっち行ったら駅?』

「え?」

まだ繋がっていたことに加えて、唐突《とうとつ》な質問をされて羽花は驚いた。

『おまえんちから』

「……え、右、に」

ためらいがちに道を伝えつつ、『これ』という言い方が引っかかった。

(ちょっとまって)

考えるよりも先に身体が動いた。カーテンを一気に押しのけて、ベランダの窓を開ける。

パジャマで髪もぼさぼさのまま窓の外へ飛び出した。

「あ」

「お」

「あーっ！　起きて大丈夫なの!?」

眼下には、界にあゆみ、悟《さとる》、そして友哉まで、いつものメンバーが勢ぞろいしていた。

あゆみはスタジャンに短パンのボーイッシュな格好で手を振り、男子三人は自転車にまたがり、悟は眼鏡《めがね》をかけていたり、友哉はダメージジーンズを穿《は》いていたりと、制服姿とはまたイメージが違い、より華やかさに磨《みが》きがかかっている。

中でも界は——Tシャツジーパンにカーディガン、帽子といった格好だが、むしろそのシンプルさが素材の素晴らしさを引き立てており、一度目にしたら決してそらせない魅力を放っている。

時間が止まったような心地がして、羽花は界をじっと見つめた。界もまたまっすぐにこちらを見上げて言う。

「明日来いよ！」

胸の内を巣くっていた黒い疑念や焦燥《しょうそう》、あらゆる弱いものが、今、熱と共に蒸発していく。

（……うん）

強くうなずいてみせると、あゆみが大きく手を振ってくる。

「次は遊ぼうねー!!」

（うん）

去っていく。四人の背中が。

でももう、寂しくなんてない。自分だけ一人ぼっちで暗闇を彷徨《さまよ》ったりしない。

（うん――！）

羽花はその場に屈みこみ、もう一度力強くうなずいた。


風邪《かぜ》は気合でなんとかなった！

月曜日、羽花は再び卒業アルバムを胸に抱いて登校する。

まだ緊張するのは止められないが、由瑠たち女子が三人固まって話す輪へまっすぐ向かい、挨拶《あいさつ》をする。

「おはよう！」

「あっ、おはよー！」

「あのこれ!!　私ももってきた！」

決意が鈍らないうちに、アルバムをずいっと差し出した。

三人はおしゃべりを一瞬止め、顔を見合わせる。

（……こ、困るよね、困るよね！）

もうすでにアルバムの話は先週で一区切りしており、今さら感が満載だ。それに、誰が元いじめられっ子の中学時代を見たいと思うだろう。

（分かってるんだけど）

『自分で見せます』と界に豪語した。

それに、少しずつでも前へ進むって決めたから。

「見せて」

必死さが伝わったためか、由瑠が手を出してくれた。羽花は前のめり気味に自分が載っているページを指し示す。

「あのね、私はここと、ここと、これなんだけど、人に見せたらね、座敷わらしみたいって！」

いかなるシーンでも集団から距離を置いて無表情で棒立ちしている姿を見せて、明るく告げる。

せめて笑ってもらえたらうれしい。

（けど……、無理あるか）

頭を掻《か》きながら笑っているのは羽花だけだった。三人は静かに紙面へ視線を注いでいる。

「なんか、違和感あるね」

一人が眉《まゆ》を下げ、ぽつりとつぶやきをこぼす。

分かっている。先日見た他の人のアルバムは、体育祭やら修学旅行やらイベントごとに、友人たちと楽しそうに過ごすカットであふれていた。羽花にはそういう写真が全くなく、だから尻込みしてしまったのだ。

けれども、もうそんな過去を消したいとは思わない。

――『この頃があるから今の石森がある。それがいいか悪いかは、昨日クラスの奴らが教えたろ』

（三浦くんが教えてくれたから）

彼を想うと自然と頬《ほお》がほころんだ。

「うん、やっぱりみんなと比べると私のは……」

「石森ちゃん、もっとニコニコしてるのに」

（え……？）

思いがけない指摘に、羽花は瞳を揺らめかした。

女子三人は真面目《まじめ》な面持《おもも》ちで意見を言い合っている。

「うん。もっといつも楽しそうだよね」

「それともここだからかな」

「そうかも」

（私、そんなふうに見えてるの……？）

頰に手を当ててみると、そこはほんのりと熱を持っていた。

「今ここで写真撮ったら、こうはならないよね」

由瑠がそう言ったタイミングで、担任が教室へ入ってきた。

「おーい、遠足んときの写真、持ってきたぞー」

そういえば阿部はカメラ係だったと言っていた。どれだけ熱心に役目を果たしたのか、
掲《かか》げる茶封筒ははちきれんばかりに膨《ふく》らんでいる。

「まじ!?」

「見してー」

「欲しいのあったら裏に名前書いといてなー」

羽花の手を、同時に三人のクラスメイトが引いた。

「行こ！」

「阿部さんが撮ったんだから、石森ちゃんもよく撮れてるよ！」

親しみを込めた笑顔が三つ、まっすぐ羽花へ向けられている。

(みんな、当たり前のように受け入れてくれてる)

胸が震えた。

頬が緩《ゆる》むのを止められなくて、唇を引き結ぶ。

「どれどれー」

「あっ、これ石森ちゃ……ん？」

ピースをしたり、ハートを作ったりとはしゃぐクラスメイトたちの中、やはり距離を空《あ》けてぽつんと棒立ちする羽花の姿がそこにあった。その表情は卒業アルバムと全く一緒で、完全に目が死んでいる。

中学時代の羽花も、八美津高校の羽花も、写真で見ると全く変わらない。

「あれ!?　石森ちゃん、写真だとこうなっちゃうのかな!?」

由瑠は突っ伏して悶絶《もんぜつ》する。

写真を見ていた他のクラスメイトも、大いに噴き出してお腹を抱えた。

「やばー!!　登山部のおばけやんこれー!!」

（うけた……！）

座敷《ざしき》わらしに次いで新たな称号を手に入れた。羽花は瞳をらんらんとさせ、拳を握る。

「そっか、石森ちゃんは逆にあそこまでいじればいいのか」

思惑通りに笑いを取れて喜ぶのを見て、由瑠たちは羽花の新たな取り扱い方法を覚えたのだった。

「見ろこれ。界、全部無表情！」

（え、三浦くん？）

背後で聞こえた好きな人の名前に、羽花は大げさなほど反応して駆けつける。そちらでは男子が集まり、界の写る数枚の写真を見比べていた。

「卒アルもそうだったじゃん」

「安定の無表情」

すると、別の写真を見ていた女子が気づきの声を上げる。

「ん、いや？　いや、こっちに笑ってんのあるよ？」

「あれ？　まじだ」

机に並べられた三枚を、羽花も輪の後ろから垣間見《かいまみ》る。

一人だけジャージ姿で茫然《ぼうぜん》とする羽花を後ろ手に指し、友哉へ笑顔を向ける界。

登山部と呼ばれて張り切る羽花の横で、微笑を浮かべる界。

びしょ濡れになって合流地点へ帰還した際、阿部にねぎらわれて頬を染める羽花の横で、笑顔を爆発させる界。

「え、しかも全部、一緒に石森ちゃん写ってる」

(っ!!)

あの日は朝から塩対応されていると思い込んでいた。なのに、すぐ近くでこんな明るい表情をしていたなんて、知らなかった。

「まじかよ。石森ちゃんすげー!」

ひょっこりと首を伸ばして写真を覗《のぞ》き込んだあゆみが、何気なく言う。

「界、羽花ちんには、よく笑うもんね」

ね?　と目を見て念押しされて、羽花は頭が真っ白になる。喉《のど》の奥から変な声が出た。

「……ええ……?」

「え?　そうだよ?　自覚ないの?」

太陽が東から昇るのと同じくらい当たり前のようにけろりと告げてくる。

（私には……よく笑う、三浦くんが？　あの、無表情で塩対応の三浦くんが……）

たすけて、と涙をこぼす羽花へ向けられた『よくできました』の笑顔。

ごめんと言いかけた羽花に、『ごぼう』とかぶせておどける笑顔。

やっほーと盛り上がるクラスメイトに右往左往《うおうさおう》する羽花を見て、堪えきれないとばかり噴き出した笑顔。

休み時間の隠れ場所は他の人に秘密だと、人差し指を唇に当てた悪戯《いたずら》めかした笑顔。

土砂降りの雨の中で、空のハートを背負って優しく見つめてくる笑顔。

シュワシュワと炭酸が弾けるように、様々な界の笑顔が次々とよみがえる。

一種の陶酔《とうすい》めいた甘さが胸に広がり、その熱がじわじわと全身を侵食する。

「……え？」

「え？」

あゆみの瞳が真ん丸になって、羽花の顔を凝視していた。

「あれ!?　あれれれ!?」

遅れて、自分が頬どころか耳まで真っ赤にしているのに気づく。意識したら、さらにかあっと顔中が火照《ほて》って、どうしようもなくなる。たまらず両手で顔を覆《おお》った。

あからさまな反応は、あゆみへ簡単に真実を告げる。

「そっか、そっかそっか……そう。羽花ちん、界を……」

声が一段低くなった。羽花は恐る恐る顔に当てた手を下ろす。あゆみは黙りこくり、思案げにそっと額を押さえていた。

だが、きゅっと顎《あご》を上げてうなずく。

真正面から、真摯《しんし》なまなざしをぶつけてきた。

「――うん、全力で応援する！」

心からの叫び。

羽花は高揚《こうよう》し、うれしさで眩暈《めまい》がした。

(友達が私の恋を、応援してくれる……)

大声で宣言した後、あゆみは急速に勢いを失い弱音を吐く。

「……ちょっと難しいかもしんないけど……」

「あは、知ってる！」

それでも羽花はもう、幸せでたまらなかった。

そうこうしている二人の後ろで、界と羽花の写真を取り上げ、由瑠たちがうなずき合う。

「石森ちゃん、いい写真あるじゃん！」

「よかったー。ほらやっぱり、あの頃と今の石森ちゃんは違うんだよ」

「だねー。そんでこの写真見るかぎり、三浦くんと一緒にいた方がいいね」

彼女らの何気ない感想を横に聞いて、羽花は心の中で強く肯定した。

（……はい。私はそうなんです）

驚きとか、感謝とか、愛《いと》しさとか、喜びとか、様々な感情が胸を満たして、はちきれそうになった。

熱いものがこみ上げてきて、鼻の奥がつんと痺《しび》れる。

後から後からあふれ出すから、堪えきれなくて……羽花はそっと教室を離れた。

──本当に前に進めているのか。自分なんかが界の側にいていいのか。

あの時友哉に冷静に問いかけられて、怯《ひる》むことしかできなかった。不安が胸の内を巣くって、また動けなくなりそうだった。

（でも……）

──『あの頃と今の石森ちゃんは違うんだよ』

──『三浦くんと一緒にいた方がいいね』

受け入れてくれるクラスの人たちがいる。

──『全力で応援する！』

真剣になってくれる友達がいる。

そして、

――『この頃があるから今の石森がある』

好きな人がいる。

（誰がなんと言おうと、私はもう、ここでなくては）

目頭《めがしら》が熱くなる。薄い膜《まく》が盛り上がり、雫《しずく》が頬《ほお》を伝って流れ落ちた。

違う場所で生きていく自分なんて、考えられない。界がいない世界、あゆみや由瑠、その他、こんな羽花でも笑顔を向けてくれるクラスメイトたちと離れた場所で生きていくなんか耐えられっこない。

モノクロで覆われていた羽花の世界はレモン色に塗り替えられて、今、虹のごとく様々な色であふれている。

こんなにもカラフルだったなんて知らなかった。界が教えてくれた。

きらきらと輝く宝石のごとき光は、まだ手を伸ばしてもなかなか届かない。それでも、追いかけていく。

その距離を思い知りながら、しがみついている。

この奇跡みたいな世界に。

※この作品はフィクションです。実在の人物・団体・事件などにはいっさい関係ありません。

集英社オレンジ文庫をお買い上げいただき、ありがとうございます。
ご意見・ご感想をお待ちしております。

● あて先
〒101-8050　東京都千代田区一ツ橋2-5-10
集英社オレンジ文庫編集部 気付
後白河安寿先生／村田真優先生

小説
ハニーレモンソーダ

集英社
オレンジ文庫

2025年1月25日　第1刷発行

著　者　後白河安寿
原　作　村田真優
発行者　今井孝昭
発行所　株式会社集英社
〒101-8050東京都千代田区一ツ橋2-5-10
電話【編集部】03-3230-6352
【読者係】03-3230-6080
【販売部】03-3230-6393（書店専用）
印刷所　TOPPANクロレ株式会社

ISBN 978-4-08-680598-8 C0193